HAYMON verlag

Christoph W. Bauer

Niemandskinder

Roman

Gefördert von tirol Unser Land

Gedruckt mit freundlicher Unterstützung durch die Abteilung Kultur des Amtes der Tiroler Landesregierung.

MIX
Papier aus verantwortungsvollen Quellen
FSC® C014138
FSC www.fsc.org

Auflage:
4 3 2 1
2022 2021 2020 2019

HAYMON verlag
Innsbruck-Wien
www.haymonverlag.at

ISBN 978-3-7099-7255-7

Buchinnengestaltung nach Entwürfen von himmel.
Studio für Design und Kommunikation, Innsbruck / Scheffau –
www.himmel.co.at
Umschlag: hißmann, heilmann, hamburg
Umschlagabbildung: ableimages / mauritius
Satz: Da-TeX Gerd Blumenstein, Leipzig
Autorenfoto: Haymon Verlag/Fotowerk Aichner

Gedruckt auf umweltfreundlichem,
chlor- und säurefrei gebleichtem Papier.

People are not who or where we think they are.
And there is someone who watches
from an unknown location.
Michael Ondaatje

1.

Es war die Zeit der Zukunftsgespräche, als es zwischen Samira und mir zu immer lauteren Missverständnissen kam. Jeden Abend wartete ich auf sie unter der orangefarbenen Markise der Brasserie, blickte hinüber zur Boutique und überlegte mir Rechtfertigungen. Doch ich konnte es drehen und wenden, wie ich wollte, ob ich vormittags schreibend im *Café Tournon* saß oder nachmittags im *Old Navy*, ob ich auf dem Friedhof Père-Lachaise über Verse nachsann und sie im Jardin des Tuileries zu Papier brachte, ich wurde vor mir selbst zum Hochstapler, als hätte ich mich einquartiert in einem Turm ohne Fenster, ein Narr.

Als solchen bezeichnete mich Samira nicht, sie fand Steigerungsformen, ein Schöngeist sei ich, ein Bonvivant, bald schimpfte sie mich einen Wirklichkeitsverweigerer, zuletzt nur noch einen faulen Sack. Konnte ich bei unserem Kennenlernen vielleicht ein wenig Eindruck schinden mit meinem Tun, so wurde es mir nun zum Vorwurf: Dichten, das hieß für sie, Zeit mit schleierhaften Worten totschlagen, Gedichte waren Kinderkram oder etwas für Pickelgesichter, die sich über ihre Gefühle nicht klar wurden. Ich sei ein Wolkenkuckucksheimer, der von der Hand in den Mund lebe und der selbstgefällig darüber hinwegsehe, dass diese Hand am Arm des Bildungsbürgertums hänge, diese abgehobenen Kreise, die es sich leisten konnten, zu behaupten, Kunst gehöre zum Dasein und steigere dessen Qualität. Wie ich mir denn eine gemeinsame Zukunft vorstelle, wie den Umzug in eine größere Wohnung, wie die Gründung einer Familie?

Nach Familiengründung war mir nicht, Samira wusste es, offenbar hörte sie von meinen Argumenten nur jene, die ihre Ansichten bestätigten, so wie ich von ihr allein vernehmen wollte, was in meinen Kram passte, ihren Kinderwunsch hatte sie mehrmals geäußert. Mag auch sein, der Altersunterschied spielte eine Rolle, sie war fünf Jahre jünger als ich, 1978 geboren. In erster Linie aber verteidigte ich mich viel zu halbherzig, stimmte ihr in Gedanken zu, behauptete in Worten indes das Gegenteil, Samira schien meine Verunsicherung zu spüren, bezog sie jedoch auf meine Liebe zu ihr, wir redeten aneinander vorbei. Wurde sie emotional, wechselte sie zudem in eine Sprache, von der ich lediglich wusste, dass sie in den Vorstädten gewachsen war, eine Spielsprache, bei der die Silben umgekehrt werden, sie stieg morgens in die tromé, während ich die Métro nahm, ich verstand bald gar nichts mehr.

Wir saßen in der Küche ihrer kleinen Wohnung, in der es zu jeder Tageszeit künstlicher Lichtquellen bedurfte, die Wände gelb und speckig glänzend, links der Tür hingen zum Zopf geflochtene Knoblauchknollen, über der Tür eine Uhr, die nicht mehr funktionierte, an der Tür drei Kleiderhaken, von denen einer immer wieder herausriss. An ein buntes Obstnetz erinnere ich mich, gleich neben dem mit Stickern und Fotos übersäten Kühlschrank, dessen Brummen und Gurgeln unsere

Gespräche begleitete. Und ein Holzregal habe ich vor Augen, gefüllt mit Gewürzen, Tee, Kaffee, einer Dose Kakao der Marke *Banania*.

Damals wusste ich nichts von der langen Tradition dieser Marke, die anfänglich mit dem Bild eines breit grinsenden und zum großen Kind stilisierten senegalesischen Soldaten vermarktet wurde. Das Design der Kakaomarke hat sich verändert, die strahlend weißen Zahnreihen sind geblieben, und das alte Motiv ist auf Postkarten, Geschirr, Blechbüchsen und ähnlichen Souvenirs noch heute in Frankreich zu kaufen.

Wer Samiras Wohnung betrat, stand direkt in der Küche, von dort ging es durch einen Kettenvorhang weiter ins Schlafzimmer, durch das ich musste, um in die Toilette oder ins Bad zu gelangen. Das Schlafzimmer gerade einmal groß genug, dass ein Doppelbett hineinpasste und ein blauweiß gestreifter Kasten aus Polyester mit Reißverschlusstür. Das Fenster führte zu einem Innenhof, es hatte geschlossen zu sein, wollte man nicht wissen, was die Nachbarn beschäftigte. Das Leben spielte sich vor der Wohnungstür ab, im Stiegenhaus, hier hockten sie rauchend auf den Stufen, tranken Tee, hörten Musik oder zankten sich.

Dann schreib halt einen Roman, wetterte Samira, damit kannst du Geld verdienen.

Zorn packte mich, was sie sagte, erinnerte mich an eine Beamtin, bei der ich wegen eines Aufenthaltsstipendiums in Paris vorstellig geworden war, die Ateliers würden nur an bildende Künstler vergeben, hatte sie gesagt und mir den Vorschlag gemacht: Malen Sie halt ein Bild.

Samira meinte es nicht in dieser Art, doch ich empfand es als Anmaßung ihrerseits, über eine Sache zu sprechen, von der sie noch weniger verstand als ich. Hatte ich mich einst zur theatralischen Behauptung hinreißen lassen, ich sei in Gedichten zuhaus, fühlte ich mich ihnen nun zweifach ausgetrieben.

Ginge es mir in meinem Leben rein ums Geldverdienen, würde ich irgendeine Anstellung annehmen, sagte ich und verfluchte mich für diese Dummheit, noch während ich sie aussprach.

Samira hob leicht das Kinn, stemmte ihre Hände in die Hüften: Ach, irgendeine Anstellung – so wie ich?

Dass ich es nicht so gemeint hätte, sagte ich, diese Du-hast-mich-falsch-verstanden-Sätze machten unsere Sache noch schlimmer.

Du bist schlicht zu faul, sagte sie, du kriegst den Arsch nicht hoch, für dich ist jeder, der Erfolg hat mit seinen Büchern, ein Schreibunternehmer, du misst Qualität an Verkaufszahlen, je weniger desto besser, demzufolge musst du ja der Beste von allen sein.

In unserer Anfangszeit war Literatur nie ein Thema gewesen, und ich schätzte mich glücklich, nicht über etwas sprechen zu müssen, das sich mit wenigen Argumenten entzaubern lässt, wenn man es nicht als ein Spiel mit Möglichkeiten begreift. Samira war keine Vielleserin, sie kannte die gängigsten Romane jener Zeit und einiges war ihr aus der Schulzeit hängen geblieben, aber sie war wissbegierig, um nicht zu sagen, informationssüchtig. Sie studierte Zeitungen und Magazine sprichwörtlich von der ersten bis zur letzten Seite, sie wollte überall mitreden können, oft zum Missfallen von Farah, Rachid und anderen in der Gruppe, die ihr vorwarfen, sie würde lauter furzen wollen, als sie stinken könne.

Und in der Tat höhnte Samira über die Hochzeit irgendwelcher Royals in dem gleichen Enthusiasmus, mit dem sie über Bestseller schwärmte, Benoîte Groult nannte sie, John Grisham, vor dem ihr Antiamerikanismus Halt zu machen schien. Sie verbiss sich in Ideen, scheute nicht brüchiges Eis und die damit verbundene Gefahr zu stürzen, sie ließ nie locker. Und so führte sie nun ständig den Roman ins Feld, einen Roman über uns, sagte sie, einen Roman über die Liebe.

Es ging mir auf die Nerven, wenn sie mit ausladenden Gesten eine Geschichte skizzierte, die ich doch lediglich zu schreiben hätte, so schwierig könne das ja nicht sein, Mann der Worte, nannte sie mich und lachte. Ich wurde ihrer Sätze überdrüssig wie der mühseligen Diskussionen in düsterer und von Rauchschwaden durchzogener Atmosphäre und willigte schließlich ein, es zumindest zu versuchen mit einem Roman.

Sogleich besserte sich ihre Stimmung, und mir wurde dadurch noch elender. Stundenlang saß ich im *Tournon* und starrte hinüber auf die gegenüberliegende Straßenseite, nichts fiel mir ein außer ein Satz von Joseph Roth: Man verliert eine Heimat nach der anderen.

Aus den Zeitungen grienten mir bekannte Gesichter entgegen, ein Verlierer rief sich zum Sieger aus und stand plötzlich ganz oben auf dem Podest. Täglich Berichte von den Geschehnissen rund um das Kanzleramt in Wien, die alberne Gleichsetzung von Haider und Hitler, die den einen dämonisierte und den anderen zum Bierzeltredner machte, fand in Karikaturen Niederschlag, die österreichische Bevölkerung trat in den Illustrationen in Dirndlkleid, Lederhose und mit Trachtenhut auf. Haider hier, Haider dort, es entstand beinahe der Eindruck, er sei der Kanzler und nicht der andere.

War das Interesse an Österreich bis dahin kaum ausgeprägt, wurde das Land der Walzerklänge und Mozartkugeln jetzt zu einem der nazistischen Umtriebe und in den französischen Medien von seiner braunen Vergangenheit eingeholt. Der österreichische Opfermythos, zu dem Frankreich seinen Beitrag geleistet hatte, wurde vom

Tisch gefegt, und ich musste mich erst schlaumachen, was bilaterale Sanktionen sind. Ich las von französischen Ärzten, die einen Kongress in Innsbruck boykottierten, auch sei es unmoralisch, nach Österreich auf Skiurlaub zu fahren, bisweilen musste ich zweimal nachlesen, Gussenbauer, Fpoe, der Ausspruch *Jetzt erst recht!* wurde in einer Zeitung zu *Jetz es rechts!*

Das von den Medien kolportierte Bild war zu einseitig, als dass man es hätte für bare Münze nehmen können, dennoch folgten ihm Künstler und Intellektuelle, dachten über einen Boykott nach. Nicht weniger befremdlich die Verharmlosungen diverser Gastkommentatoren, ein Habsburger kam zu Wort, über seine Aussagen ließ sich wahrhaftig nur den Kopf schütteln. In den Leserbriefen wurde an den Sanktionen hingegen harsche Kritik geübt und über einen Ausdruck wie *Westentaschen-Napoleon* konnte Samira bloß lachen, solange ich ihr weiterhin einen Roman vom Himmel log. Nun war ich es, der gebärdenreich ein Vorhaben umriss.

An ernsthaftes Schreiben war indes kaum zu denken, morgens kaufte ich mir einen Packen Zeitungen, verzog mich damit in Kaffeehäuser oder, wenn es die Temperaturen zuließen, in Parks, erfuhr von Kundgebungen, und dass eine auch in Paris stattfinde.

Rasch war Samira überredet, mich zum Aufmarsch zu begleiten, und es ist in meiner Erinnerung ein Sonntagnachmittag, als wir uns auf den Weg machen zur österreichischen Botschaft. Die Demonstration war bereits im Gange, einige skandierten: Haider – Hitler, derselbe Kampf! Französischsprachige Spruchbänder wurden geschwenkt, auf einem Plakat prangte in deutscher Sprache *Wir sind alle österreichische Antifaschisten: Widerstand.* Samira wollte plötzlich los, sie habe sich mit Farah verabredet, ich brachte sie zur Station Invalides, schaute ihr nach, wie sie die Treppe hinabstieg, bis sie aus meinem Blick verschwand, und ich fasste den Entschluss, ihr abends zu sagen, dass es mit meinem Roman nichts werde.

2.

Vorbei am Stade de France, mir gegenüber einer, der mich ansieht, als suchte er in mir Spuren seiner Vergangenheit. Sofort senke ich den Blick, man wird die Kindheit nie los, den Geburtsort nicht. Das Grau von St. Denis zieht am Fenster vorbei, Halt ist da keiner, und als es unterirdisch weitergeht, weiß ich nicht mehr, wohin mit den Augen. Da stoppt der RER endlich an der Gare du Nord, was mir Abwechslung verschafft.

Am Bahnsteig drei Hünen mit Maschinenpistolen, Finger am Abzug. Überall in Paris sieht man sie ausschwärmen, in Dreier- oder Vierergruppen zumeist, aber ich solle mich nicht täuschen, hatte Stefan gesagt, zwar hätten die Anschläge für eine Aufstockung der Sicherheitskräfte gesorgt, aber im Grunde sei Frankreich immer ein Polizeistaat gewesen. Deutlich mehr Frauen sehe man jetzt unter den Truppen, war er fortgefahren, klar doch, die fackeln nicht lange, schießen schneller und besser. Männer würden tun, was man von ihnen erwarte, Männer suchen nach Lösungen, doch im Ernstfall sei die beste Lösung wohl: einfach abdrücken. Woher er denn diese krude Theorie habe, hatte ich ihn gefragt, und er fing an zu reden von einer Reportage über eine französische Spezialeinheit, die er neulich gesehen hatte.

Wir kennen uns seit Kindheitstagen, sind im selben Dorf aufgewachsen, sommers ein Kaff, im Winter eine Touristenhochburg. Doch wir mochten die Winter, sie impften uns Selbstvertrauen ein, in den Ferien wedelten wir in Uniformen vor Städtern her, lachten, wenn sich ihre Skier beim Schleppliftfahren überkreuzten, was oft zur Folge hatte, dass einer aus der Spur stürzte und unbeholfen der andere sich den Bügel zwischen die Beine klemmte, bis es ihn in die Höhe riss, sodass er die Fahrt mehr hüpfend als gleitend beendete, in unseren Skilehrergesichtern blitzten die Zahnreihen, wir erfüllten jedes Klischee. Abends tranken wir uns mutig und winkten Mädchen beim Tanzen zu, im *Kuhstall*, im *Pferdestall*, so hießen die Lokale unserer Jugend.

Was uns darüber hinaus verband, war unserer Herkunft geschuldet, wir waren Zugezogene, er aus Kärnten, aus Niedersachsen ich. Kleinbürgerkinder, die es zu etwas bringen sollten, man schickte uns in der benachbarten Marktgemeinde aufs Gymnasium, wir maturierten im gleichen Jahr. Während er umgehend mit seinem Studium begann, zog ich es vor, mich als Bohemien zu fühlen, ich übersiedelte nach Paris in einer Zeit, die mir heute so unwirklich erscheint wie aus dem Leben eines anderen. Ich veröffentlichte zwei schmale Lyrikbändchen, erntete Applaus von Menschen, die ich alle beim Vornamen nennen konnte, wenn sich ihre sauertöpfischen Mienen nach den Lesungen bei Wein und Salzgebäck etwas aufhellten, kurzum, ich galt als literarische Hoffnung, was immer das heißen mag.

Stefan war der Erste, dem ich erzählte, dass es mit meinen Dichterambitionen vorbei sei, mit Samira ebenso, das eine bedinge das andere, ich nannte ihm Gründe, die er mit einem Krächzen beantwortete, was bei ihm immer alles bedeuten konnte, von dumm gelaufen bis: Ich habe es dir ja prophezeit.

Jedenfalls kehrte ich nach Innsbruck zurück, wo er kurz vor dem Abschluss seines Studiums stand, als ich mit dem meinen anfing, wie er studierte ich Geschichte, Lehramt kam für uns beide nicht in Frage. Obgleich Stefan Tirol dann bald Richtung Wien, London und schließlich Paris verließ, blieb unsere Schwurbruderschaft intakt, wir telefonierten wöchentlich, meist sonntags, sprachen über Beziehungen und ähnliche Katastrophen. Und so war er auch der Erste, den ich anrief einen Tag nach Dreikönig im Januar 2015, um ihm zu berichten von jenem Artikel, den ich im Zeitungsarchiv aufgestöbert hatte, ein beispielloser Fund, eine Sensation, ich verstieg mich, hörte im Hintergrund Polizeisirenen, während die Worte nur so aus mir heraussprudelten, bis er mich jäh unterbrach: Sag, weißt du überhaupt, was bei uns hier momentan los ist?

Ich blicke auf und meinem Gegenüber ins Gesicht. Er hat die Augen geschlossen, die Unterlippe zittert ein wenig. An Nahrung leidet er keinen Mangel, fleischig seine Wangen, volles Haar, schlohweiß, zurückgekämmt. Sein Alter schwierig zu schätzen, er mag Mitte siebzig sein, das jugendliche Zartrosa seines Hemds kann das nicht kaschieren.

Habe ich ihn nicht schon am Flughafen in Wien gesehen? Oder in der Ankunftshalle am Charles de Gaulle, wo plötzlich Panik ausbrach, weil Soldaten den Terminal stürmten, falscher Alarm, wie sich rasch herausstellte – oder doch nicht? Ungewissheit schaffen, indem man Freund wie Feind eine unabsehbare und omnipräsente Bedrohung spüren lässt, *Opération Sentinelle* nennen sie das hier, mein Puls raste noch Minuten später, als ich vor der Halle eine Zigarette rauchte. Mir war schlagartig klar, was Foucault meinte, die Techniken der Kolonisation kehren ins Land der Kolonisatoren zurück. Vom Umbau einer Zivil- in eine Kriegsgesellschaft hatte ich während des

Flugs in einem Magazin gelesen, und dass wir Menschen mitten in Europa aus der staatlichen Rechtsordnung entlassen und zu Kombattanten im Krieg gegen den Terror erklärt werden.

Unmittelbar nach dem Telefonat mit Stefan bin ich in meine Wohnung zurück, saß dort Stunde über Stunde vor dem Fernsehapparat und sah in Endlosschleifen Helikopter über Paris kreisen, Polizeifahrzeuge, schwerbewaffnete Spezialeinheiten. Spekulationen schossen ins Kraut, je weniger die Bilder hergaben, umso mehr wurde geredet, Experten für alles sprachen über Meinungsfreiheit, Satire und Antisemitismus, über die unhaltbaren Zustände in den Banlieues und, wie immer wenn es nichts mehr zu sagen gab, über gescheiterte Bildungspolitik. Fasziniert und angeekelt zugleich verfolgte ich das Geschehen, mittendrin und doch beruhigend weit davon entfernt, ich öffnete eine zweite Flasche Wein, eine dritte, und als ich am Morgen erwachte, war lediglich die Talkrunde eine andere. Ich setzte mir die Wirklichkeit zusammen, schon als Kind hatte ich nach dem Aufwachen immer ein paar Sekunden gebraucht und nie gewusst, wo ich eigentlich war, jeder Blick ein Baustein, und um mich herum entstand ein vertrauter Raum. Vor mir auf dem Couchtisch die fast leergetrunkene Flasche, der volle Aschenbecher, daneben eine Kopie des Artikels aus dem Zeitungsarchiv. Ich las ihn wieder und wieder, betrachtete die Fotografie der Frau, dachte an Samira. Die Ähnlichkeit verblüffend. Die Frau auf dem Foto war 1976 abgängig gemeldet worden, da war ich drei Jahre alt.

Ich zucke zusammen, als mich ein Jugendlicher im Laufdress mit seiner Sporttasche an der Schulter streift, unter seinen Achseln Schweißflecke, auch am Rücken vom Hals abwärts bis fast zum Hintern. Mein Gegenüber lächelt, rümpft mehrmals die Nase, wodurch seine goldumrandete Brille vor den buschigen Brauen auf- und abgleitet. Gedränge jetzt im RER, an der Station Saint-Michel – Notre-Dame steigt eine amerikanische Reisegruppe zu, sich ihrer Herkunft lautstark bewusst. Ich erinnere mich, wie Samira stets über Amerikaner lästerte, selbst mich habe sie anfänglich für einen gehalten mit meiner lächerlichen Baseballmütze, die ich bei unserem ersten Treffen trug. Große Autos, kleine Hirne, sie reihte ein Klischee ans nächste, ihr Antiamerikanismus konnte alberne Züge annehmen, meine Schildkappe habe ich in ihrer Anwesenheit nie mehr getragen.

Schallendes Gelächter, die Amerikaner sind bester Laune, mein Gegenüber seufzt, auf einmal bin ich mir sicher, ihn schon am Flughafen in Wien gesehen zu haben. Ich war früh am Gate, versuchte meine Gedanken zu entwirren, der vergangene Abend, dieser Absturz in alte Zeiten. Einen ehemaligen Kollegen habe ich getroffen, einen Lyriker, der sich mittlerweile, wie er es nennt, aufs Romanschreiben verlegt hat, mit Gedichten gewinne man keinen Blumentopf. Ich hätte mich ohrfeigen können für die Dummheit, dieses Lokal betreten zu haben, wo ich doch weiß, dass sich dort allabendlich Künstlerinnen und Künstler und gemeinhin jene, die sich dafür halten, ein Stelldichein geben. Unvermittelt tauchte er neben mir am Tresen auf, puffte mich kameradschaftlich in die Seite: Na, dich habe ich ja schon lange nicht mehr gesehen!

Ich wurde ihn nicht mehr los, während ich trank, erklärte er mir die Welt, sie schien für ihn nur aus Preisen und Stipendien zu bestehen, die immer andere erhalten würden, aber wem sage ich das, er klopfte mir wiederholt auf die Schulter, du hast das ja selbst erlebt. Ich wäre ihm am liebsten an die Gurgel gegangen und hätte ihn angebrüllt, dass damals genau solche Schaumschläger wie er mich zum Verstummen gebracht haben, was freilich nicht stimmt. Und ich war schon nicht mehr ganz nüchtern, als er fragte: Was treibst du denn jetzt so? Aus der Not heraus sprach ich ein wenig von meinen Reisen nach Paris, und schon war wieder er am Wort, redete von der Grande Nation, prostete mir zu, nein, mit den Franzosen könne er nicht, arrogante Sprachverweigerer seien sie und hielten sich immer noch für eine Großmacht, er lachte. Irgendwann ließ ich ihn stehen, verfluchte mich auf dem Weg ins Hotel, dass ich den Morgenflug gebucht hatte, hätte ich mich doch für einen späteren Flug von Innsbruck über Frankfurt entschieden, dann wäre mir der Abend in Wien erspart geblieben. Im Hotelzimmer las ich meine E-Mails, Stefan hatte geschrieben, er freue sich auf unser morgiges Treffen. Auch ein Newsletter des Verlags, bei dem ich meine wissenschaftlichen Arbeiten publizierte, war im Posteingang, eine Einladung zu einer Buchpräsentation, *1938 – der Anschluss in den Bezirken Tirols*. Unter der Einladung ein Gruß des Verlegers:

Wäre schön, wenn wir Ihr Buch über das französische Erbe in der Tiroler Nachkriegsgesellschaft doch noch irgendwann ins Programm aufnehmen könnten.

Ich konnte das nur als Vorwurf lesen, ärgerte mich zugleich über meine Dünnhäutigkeit. Ohne mich auszuziehen, legte ich mich aufs Bett, starrte an die Zimmerdecke, blieb schlaflos. Was treibst du denn jetzt so –

Luxembourg, die Amerikaner steigen aus, wahrscheinlich machen sie einen Spaziergang durch den Jardin du Luxembourg, wie ich es vielfach getan habe, damals, 1999, als Preise und Stipendien für mich noch von Wichtigkeit waren, weil sie mir eine Abkehr von Tirol ermöglichten und ich nach Paris ziehen konnte. Anfangs war ich beinahe täglich in diesem Garten, versuchte mir die Welt in Gedichten vorzustellen, grüßte Skulpturen wie Menschen, Stendhal, Flaubert, Verlaine. Manchmal kam Samira in ihrer Mittagspause in den Jardin, und jedes Mal wollte sie zum Kinderkarussell, wo ich ihr Verse von Rilke vortragen musste, sie konnte gar nicht genug bekommen davon: „Und das geht hin und eilt sich, dass es endet / und kreist und dreht sich nur und hat kein Ziel." Sie verstand kein Wort von dem, was ich sagte, forderte mich aber immer wieder auf, die Zeilen zu wiederholen. Zuweilen erlaubte ich mir den Spaß und brabbelte die Einkaufsliste vor mich hin, auch von Rilke, sagte ich dann, ob ich ihr die Verse übersetzen solle, doch sie legte mir die Hand auf den Mund, strahlte mich an. Mein Französisch alltagstauglich, ich brachte ihr ein paar Worte Deutsch bei, konnte mich amüsieren, wenn sie fick und fertig sagte, nein, nein, fix, korrigierte ich sie, sie zog mich aus und wir schliefen miteinander. Wir hatten uns oft nichts zu sagen, das waren wohl unsere glücklichsten Momente, wenn wir in stummer Übereinkunft nebeneinander lagen.

Mein Gegenüber schickt sich an auszusteigen, ausgerechnet hier, ich will ebenfalls an der Station Denfert-Rochereau raus. Er nestelt in der Innentasche seines Sakkos, zieht eine Karte heraus und streckt sie mir zu meinem Erstaunen hin. Ich schüttle den Kopf, greife dennoch zögerlich zu. Nach kurzem Räuspern verabschiedet er sich und wünscht mir einen guten Tag, nennt mich beim Namen, sein Deutsch mit französischem Akzent, das G zum SCH mutiert. Er wirft den Kopf in den Nacken, lacht triumphal auf, und ich schaue ihm nach, wie er den RER verlässt.

3.

Drei Wochen nach den Pariser Januaranschlägen stieg ich am Charles de Gaulle in ein Taxi, meine Mutter hatte mir dazu geraten, meiner Reise nach Paris konnte sie ohnehin wenig abgewinnen. Ein Land im Ausnahmezustand und du musst dorthin, das ist typisch für dich, sie hatte energisch die Arme vor der Brust verschränkt in einer Mischung aus Unverständnis und, ja, Abscheu. Wenn sie mir Frankophilie vorwarf, konnte ich ihr das Gegenteil unterstellen.

Nun lasst uns die Franzosen nur recht frisch hassen, dieser Geist herrschte in ihrer Familie vor, geboren 1944, wuchs sie in der Nähe von Lahr im Schwarzwald auf, dort hätten die Franzosen furchtbar gehaust, Plünderer seien sie gewesen, Vergewaltiger. Und dabei doch bloß arme Säcke in schäbigen Uniformen, lebensfähig lediglich durch die Gnade der Amerikaner. Mitte der Sechzigerjahre übersiedelte sie nach Hannover, wo sie jenen schweigsamen Mann kennenlernte, dem sie 1973 ins Tirolische folgte, mich holte man später nach. Unserem Gespräch vor meiner Abreise hatte mein Vater gleichmütig beigewohnt und keine Miene verzogen, als ich den Namen Samira erwähnte, indes meine Mutter die Hände vors Gesicht schlug: Fängt das schon wieder an! Sie hatte nie wahrhaben wollen, dass Samira nicht der Grund war, warum ich nach Paris ging, sondern dass ich wegen ihr die Stadt wieder verließ.

Die Taxifahrt vom Flughafen ins Stadtzentrum gestaltete sich mühsam, ich geriet in den abendlichen Berufsverkehr, Schritttempo, Baustelle, Stau. Mein Chauffeur, ein Mann Mitte zwanzig, der meiner Mutter Sorgenfalten in die Stirn getrieben hätte, bemühte sich erst gar nicht, mit mir ins Gespräch zu kommen, mir war es recht. Stumm, Blick starr geradeaus, verrichtete er seine Arbeit, nur einmal hörte ich ihn verächtlich aufstöhnen, am Heck des Fahrzeugs vor uns der Schriftzug *Je suis Charlie*.

Ich klappte mein Notebook auf und öffnete den Ordner mit der Datei meiner Recherchen über das französische Erbe in der Tiroler Nachkriegsgesellschaft. Meine Arbeit am Buch war ins Stocken geraten, seit ich den Zeitungsartikel gefunden hatte, war mir alles andere zweitrangig geworden. Meinen Vortrag über Besatzungsjahre und Vergangenheitsbewältigung hatte ich mit Mühe über die Bühne gebracht. Von Bonaparte hatte ich gesprochen, auf dessen Geheiß Andreas Hofer 1809 gefangen genommen und später erschossen worden war, ein politischer Mord, den die Tiroler auch 1945 noch nicht vergessen hatten. Doch General Émile Béthouart, Oberkommandierender der französischen Besatzungstruppen, wusste etwaige Ressentiments im Keim zu ersticken, er ließ die Schützen mit ihren alten Gewehren paradieren, das war die halbe Miete gewesen. Mein Vortrag war Teil einer Veranstaltungsreihe, die ich mit einem Institutskollegen durchführte, als Nächstes stand in gut zwei Monaten ein Vortrag auf dem Programm, der sich der Idealisierung des Tirol-Bildes ehemaliger französischer Besatzungssoldaten widmen sollte, und mir graute beim Gedanken daran, mich bald wieder ans Rednerpult stellen zu müssen.

Die verbleibenden Wochen bis zu den Semesterferien waren mir als einzige Qual erschienen, meine Vorlesungen und Seminare hatte ich mechanisch heruntergespult und mich einmal mehr gefragt, was mich noch an der Uni hielt. Mittlerweile investierte ich mehr Zeit in Administratives als in die Lehre, schlug mich mit immer neuen Begrifflichkeiten herum, ein Eiertanz auf allen Ebenen, nicht um richtige Bezeichnungen ging es, sondern ums Rechthaben. Und den Ansturm auf eines meiner Seminare verdankte ich nicht etwa der Attraktivität des von mir verhandelten Themas, es gab hier schlicht mehr Punkte zu sammeln als in anderen Lehrveranstaltungen.

Wir bogen ein in die Avenue de la Grande-Armée, ich klickte die Datei an, begann zu lesen: Da es sich beim Großteil der französischen Soldaten, die nach Kriegsende in Vorarlberg und Tirol einziehen, um Marokkaner handelt, wächst die Angst vor Übergriffen. Rasch sorgen intime Beziehungen vorwiegend junger Frauen zu Soldaten für Unmut in der Bevölkerung, von Franzosenhuren ist die Rede, Gedichte kursieren, in denen die Namen der Frauen penibel aufgelistet sind; die Texte werden an öffentlichen Plätzen angeschlagen und den Negerflittchen drastische Strafen angedroht, man werde ihnen für ihre *collaboration horizontale* die Köpfe kahlscheren.

Monsieur, pardon, Monsieur, der Taxifahrer drehte sich zu mir um, wir sind angekommen, sagte er. Nun wollte er doch noch mit mir ins Gespräch kommen, ob ich aus privaten Gründen oder beruflichen in Paris sei? Wenn ich das wüsste, antwortete ich. Erst jetzt sah ich, dass er neben dem Armaturenbrett die Fotografie eines Kindes angebracht hatte, er bemerkte es, nannte mir den Namen des Mädchens, sie sei vier. Haben Sie auch Kinder, fragte er, hinter uns drückte einer vehement auf die Hupe, ich zahlte, griff nach meiner Tasche und sprang aus dem Taxi.

Mein Hotel befand sich in der Rue Daguerre, von hier war es nicht allzu weit zum Restaurant, in dem ich mich mit Stefan zum Abendessen verabredet hatte. Ich brachte mein Gepäck ins Zimmer, öffnete das Fenster und sah schräg gegenüber auf der Avenue du Maine das Kommissariat der Polizei des 14. Arrondissements, vor dem Gebäude gepanzerte Fahrzeuge. Bis zum Essen blieben mir gut zwei Stunden, ich entschloss mich zu einem Spaziergang, betrat bald darauf die Rue de la Gaîté, vorbei am *Théâtre Rive Gauche*, Schritt um Schritt tiefer hinein in eine mir entschwundene Zeit.

Seit eineinhalb Jahrzehnten war ich nicht mehr in Paris gewesen, und zu Samira war der Kontakt gänzlich abgerissen. Nicht einen einzigen Brief hatten wir uns nach der Trennung geschrieben, kein Telefonat geführt, aus den Augen ja, aber nicht aus meinem Sinn. Ich besaß einige Fotos von ihr, ferner Aufnahmen, die uns beide zeigten, zumeist in den typischen Posen, die Liebende einnehmen, Wange an Wange, Hand in Hand und übers ganze Gesicht in die Kamera lachend, als ließe sich das Glück spielen. Immer schon überkam mich das dumpfe Gefühl, wenn ich ein Liebespaar auf der Straße erblickte, dass es sich hier um Schauspieler handeln würde, die es klammheimlich genossen, wenn man ihren Szenen beiwohnte, als wäre ihnen damit ein Beweis erbracht und eine Bestätigung für etwas, an das sie vielleicht selbst nicht glaubten.

Vor mir der Turm von Montparnasse, ich war mit Samira dort oben gewesen, eines Morgens hatte sie gesagt, komm, du bist heute Tourist und ich gebe die Fremdenführerin, und wir waren mal kichernd, mal mit ernsten Mienen, wie es dem jeweiligen Monument entsprochen hatte, von einer Sehenswürdigkeit zur nächsten gezogen. Abends dann waren wir bei Freunden von ihr eingeladen gewesen, Kinder und Enkel maghrebinischer Einwanderer, in Frankreich geboren und aufgewachsen, doch den Blick auf die andere Seite des Mittelmeers gerichtet. Sie hatten über den algerischen Bürgerkrieg gesprochen, und ich war schweigend unter ihnen gesessen, beschämt von meinem Unwissen, wie wenig ich doch von diesem Konflikt Notiz genommen hatte, wie gleichgültig einem Mitteleuropäer mit literarischen Ambitionen Algerien gewesen war. Ich hatte mich zunehmend unwohl gefühlt, im mir gereichten Teller mit Couscous herumgestochert und alles in Frage gestellt, was mich bis dahin in den 1990er-Jahren in Rage gebracht hatte, vom Arschgeweih bis zum Revival der Kelly Family. Ich hatte Samira bald zum Aufbruch gedrängt, widerwillig war sie mitgekommen, im Stiegenhaus unser erster Streit.

Eine SMS meiner Mutter, ob es mir gut gehe, ich wusste nicht, was antworten, überquerte den Boulevard du Montparnasse und grüßte Balzac, der, in Bronze gegossen, seinen Blick über die baumgesäumten Straßen und Dächer der Stadt hinweghob, als ginge ihn das alles nichts mehr an. Einmal war ich mit Samira hinaus nach Passy und zu jenem Haus, in dem Balzac seine *Comédie humaine* verfasst hatte – und letztlich vor seinen Gläubigern geflohen war.

Wie ferngesteuert verlangsamte ich meinen Schritt, schaute in die Auslage einer Boutique, erkannte eine Frau mit blondem Kurzhaarschnitt, erleichtert atmete ich auf, war enttäuscht zugleich. Ich drehte mich um, auf der gegenüberliegenden Seite des Platzes die Brasserie mit der orangefarbenen Markise, unter der ich so oft gesessen war und auf Samira gewartet hatte.

Ich wollte das Lokal soeben betreten, als meine Mutter anrief, hast du meine Nachricht nicht erhalten, wie geht es dir, wie ist die Stimmung in Paris? Das waren viele Fragen auf einmal und nur auf eine gab es eine Antwort, ja, ich habe deine SMS gelesen. Aber ich versuchte sie zu beruhigen, die Wirklichkeit sei kein Hollywoodstreifen und die Situation bei weitem nicht so spektakulär, wie sie Nachrichtensender schildern würden. Abgesehen davon, ich konnte es mir einfach nicht verkneifen, dies hinzuzufügen, hier schießen Panzer wie Pilze aus dem Asphalt, überall Soldaten, mach dir also keine Sorgen, du weißt doch, auf die französische Armee ist Verlass. Sie legte erbost auf.

An einem Tisch, von dem aus ich hinüberschauen konnte zur Boutique, nahm ich Platz, bestellte ein Glas Wein. Die Erinnerung spulte mir eine Sequenz um die andere vor die Augen, ich sah, wie Samira sich beim Verlassen des Geschäfts ihre knielange weiße Strickweste überstreifte, passend dazu die ebenfalls weißen Chucks, die engen Jeans, wie sie sich durchs lockige Haar fuhr und zu mir herüberwinkte, sich noch im Kreuzen der Straße eine Zigarette drehte. Nun stand sie vor mir, ich sprang auf, wir umarmten uns, und sie rief dem Kellner über meine Schulter hinweg zu, ein kleines Bier. Dann erzählte sie gestenreich von ihrem erfüllten Arbeitstag, schon als Kind habe sie von so einem Leben geträumt, morgens den Boden schrubben, tagsüber Kleidungsstücke zusammenlegen, ein T-Shirt verkaufen, voilà.

Ich hatte sie in diesem Café kennengelernt, war damals oft in der Gegend unterwegs gewesen, auf den Spuren von Pound und Hemingway, die in der Nähe gewohnt hatten. Sie war an meinen Tisch getreten, ihr Blick streng auf meine Baseballmütze gerichtet, sie sehe mich jetzt beinahe täglich hier, was ich denn so mache in meinem Leben, ich schaue nicht aus wie einer, der hart arbeiten würde, das hatte mir imponiert.

Ich blickte auf die Uhr, zahlte, eilte zurück zum Boulevard du Montparnasse und diesen ein stückweit hinab, bog dann ein in eine Seitenstraße und betrat das Restaurant, in dem Stefan bereits auf mich wartete. Zuletzt hatten wir uns während der Weihnachtsfeiertage gesehen, er war mit seiner Frau und den beiden Söhnen zum Skifahren nach Tirol gekommen. Wir hatten einige Abende zusammen verbracht und ich war den Eindruck nicht losgeworden, dass ihn etwas bedrückte. Auf mein Nachbohren hin hatte er schließlich mit tonloser Stimme gesagt, er wolle sich von Sandrine scheiden lassen, was nicht einfach sei, und wenn bloß die Kinder nicht wären.

Nun saß er mir gegenüber, die Tränensäcke angeschwollen, er wirkte müde. Wir sprachen über meine Anreise, unterhielten uns über die Ereignisse der letzten Wochen und über die Ungereimtheiten, die bei den Ermittlungen nach den Anschlägen zutage getreten waren, Futter für jeden Verschwörungstheoretiker, sagte er, griff zum Glas.

Und Sandrine, fragte ich unvermittelt, er machte eine wegwerfende Handbewegung, schaute hinüber zum Nachbartisch, wo ein älterer Herr Platz nahm, der mich ein wenig an den Filmregisseur Jean-Pierre Mocky erinnerte. Der Alte hatte zwei Mittvierziger im Schlepptau, die wie Journalisten aussahen, wobei ich sie draußen auf der Straße und ohne seine Begleitung für Zivilfahnder gehalten hätte.

Du entwickelst immer zu rasch eine Vorstellung von etwas, riss mich Stefan aus den Gedanken, aber nun zeig schon her deinen sensationellen Fund. Ich reichte ihm den Zeitungsartikel über den Tisch und beobachtete ihn, wie er las. Er verzog keine Miene dabei, schüttelte einmal unmerklich den Kopf, legte den Bericht dann vor sich auf den Tisch. Mit der Fingerspitze strich er über die Fotografie. Eine gewisse Ähnlichkeit, ja, sagte er. Er nahm einen kräftigen Schluck, winkte dem Kellner und bestellte eine zweite Flasche Wein.

Aber sehen wir Europäer für Chinesen denn nicht auch alle ähnlich aus? Und erinnerst du dich, als 1994 die ersten Marokkaner über den Brenner nach Innsbruck kamen, von den Sicherheitskräften wurden sie zunächst für Italiener gehalten, nicht?

Er tippte auf die Fotografie: Was weißt du über diese Frau?

Über Samira?

Die Frau auf dem Foto ist nicht Samira, sagte er. Also, was weißt du über sie? Warst du bei der Polizei?

Warum sollte ich, fuhr ich ihn an.

Er hob beschwichtigend die Hände, die drei vom Nachbartisch sahen zu uns herüber.

Na, die Lektüre des Artikels legt das doch nahe, sagte er. Die Frau wurde abgängig gemeldet, sie stand in Verdacht, mit dem Ableben ihres Stiefvaters etwas zu tun zu haben. An deiner Stelle würde ich mich mal erkundigen, was aus dem Fall geworden ist.

4.

Der Alte winkt mir vom Bahnsteig aus zu, ich starre auf die Visitenkarte, der RER fährt wieder an. Jean-Michel Rigaud, eine Adresse im 14. Arrondissement, ich lasse die Karte fallen, schiebe sie mit der Fußspitze unter die Bank, auf der er gesessen ist. Ich hätte Luxembourg schon aussteigen sollen, ärgere ich mich, von dort ist es nicht weit zum *Tournon*, ich hätte mich dort betrinken und den Abend abwarten sollen, wie ich es Ende der Neunziger oft getan habe.

Das *Tournon* passte damals in mein Beuteschema, halb Paris passte da hinein, stundenlang marschierte ich durch die Stadt, stets auf der Suche nach Straßen, Orten, Plätzen, ich unterlag einem Mythos, der längst an Strahlkraft eingebüßt hatte, mir war's einerlei. Wenn ich zwischen Grabsteinen herumirrte, fühlte ich mich leicht, geradezu beschwingt, wollte einfach jenen etwas näher sein, deren Bücher mich so faszinierten. Lieber ein Kleiner unter Großen als umgekehrt, dieser Gedanke trieb mich nach Paris, und ich schrieb meine Stadtspaziergänge auf, veröffentlichte sie in einer österreichischen Tageszeitung.

Ich bücke mich nach der Visitenkarte, stecke sie unter die Cellophanhülle meiner Zigarettenschachtel, schnappe mein Gepäck. An der nächsten Haltestelle steige ich aus und betrete kurz darauf den Parc Montsouris. Samira mochte diesen Park, oft führten unsere Wege durch die hügelige Anlage und am Teichufer entlang, wir standen vor der Skulptur *Die Schiffbrüchigen*, vor dem Anzeiger des Meridians von Paris oder schauten hinab auf eine stillgelegte Bahntrasse, die durch den Park führt.

Es ist dicht bewölkt und schwül, der Himmel schmierig, im Park einige Studenten, die Cité Universitaire ist nah. Von hier aus brauche ich zu Fuß keine zwanzig Minuten bis zur Place Denfert-Rochereau, ich zünde eine Zigarette an, sehe mich frühmorgens das Hotel verlassen und hinausfahren nach Schwechat.

Am Flughafen wurde bei der Sicherheitskontrolle festgestellt, dass ich ein Feuerzeug zu viel mit mir führte, ich musste es abgeben. Immerhin durfte ich dieses Mal die Schuhe anbehalten, hatte aber meine Reisetasche zu öffnen, Vorschrift, murmelte der Beamte, Sprengstoff, wissen Sie. Ich kaufte mir eine Tageszeitung, blätterte ein wenig darin, las von einer Schlägerei unter Afghanen und von gut fünfzig Marokkanern, die derzeit ihre Haftstrafen in der Innsbrucker Justizanstalt verbüßen würden, hinzu kämen jene zehn mutmaßlichen Dealer, die nach einer Drogenrazzia am Wochenende verhaftet wurden.

Das Boarding dann wie immer: Es beeindruckt mich ein ums andere Mal, wie umständlich sich Menschen beim Einsteigen in einen Flieger anstellen können, als wäre die Zuordnung der auf den Tickets vermerkten Sitzplatznummern zu denen über den Reihen eine intellektuelle Herausforderung. Und kaum Platz genommen, wieder aufgesprungen, so wie der Kasper heute Morgen vor dem Abflug in Wien, einmal war ihm zu warm, dann zu kalt, gleich musste er erneut hoch, fischte sich ein Buch aus dem Koffer, und zum Teufel aber auch, selbstverständlich befand sich die Brille im Sakko über ihm im Gepäckfach. Schon wie er seinen Koffer dort hineingerammt und partout nicht hatte begreifen wollen, dass er nur der Breite nach hineinpasste, war bemerkenswert gewesen.

Bereits von weitem sehe ich seine Mähne, und als ich beim Löwen an der Place Denfert-Rochereau eintreffe, beginnt es plötzlich heftig zu regnen. Vor dem Eingang zu den Katakomben spannen sie Schirme auf, ich war nie dort unten, mit Samira wäre das ohnehin unmöglich gewesen. Sie hatte sich stets geweigert, was interessieren mich sechs Millionen Pariser Gebeine, ich lebe in der Gegenwart, und die fährt mir hart genug in die Knochen, das kannst du mir glauben, hatte sie einmal gesagt. Dass es mich immer wieder auf Friedhöfe zog, fand sie reinweg lächerlich, sie putzte mich vor ihren Freundinnen herunter, da dich ja der Friedhofsduft so anzieht, wäre vielleicht Totengräber der richtige Beruf für dich, und du würdest damit bestimmt nicht noch weniger Geld verdienen als mit deinen Gedichten.

Ich überquere den Platz und setze mich in eines der Cafés, überlege, ob ich Stefan eine Nachricht schicken soll, unterlasse es. Er hat sich nicht von Sandrine getrennt, beide leben ihre Affären aus, soll uns nichts Schlimmeres passieren, sagte er mir neulich am Telefon.

Er war 2005 nach Paris übersiedelt, um an einem Forschungsprojekt mitzuarbeiten, es ging darin um Vergangenheitsbewältigung aus Sicht der französischen Öffentlichkeit. Anhand zahlreicher Artikel aus *Le Monde* und *Le Figaro* vom Kriegsende bis herauf ins 2005er-Jahr konnte dargelegt werden, wie sehr sich die mediale Wahrnehmung von Deutschland und Österreich doch unterschied. Nach Abschluss der Studie war er der Liebe wegen an der Seine geblieben, er hatte Sandrine kennengelernt, die Tochter eines Industriellen, der mehrere Immobilien in

Paris sein Eigen nannte, zudem ein Haus in der Picardie. Stefan zog zu Sandrine in eine doppelstöckige Wohnung unweit des Palais Royal, quittierte bald den Unidienst und gründete mit zwei Kollegen, Bretone der eine, der andere aus der Romandie, ein Unternehmen, das zeithistorische Dokumentationen für verschiedene Fernsehanstalten produziert.

Wann immer ich nach Paris fuhr, haben wir uns getroffen, sind oft aneinandergeraten, auch beim Abendessen im Januar 2015. Nach dem Essen führte mich Stefan in eine Bar, wo man rauchen durfte, eine Zigarrenlounge, mir aber war nicht mehr nach Gesellschaft zumute, und auf dem Weg ins Hotel plagte mich seine Frage: Was weißt du über diese Frau?

Wenig habe ich über sie herausfinden können. Was ich über ihr Leben sagen kann, erschließt sich aus Gesprächen mit anderen, denen ein ähnliches Schicksal wie ihr widerfahren ist, Niemandskinder hat man sie genannt. Marianne ihr Name, geboren 1946, eine Innsbruckerin ihre Mutter, ihr Vater ein marokkanischer Soldat aus dem 4. Gebirgsregiment.

Wer einmal mit einem Marokkaner geschlafen hat, will mit keinem anderen Mann mehr ins Bett, schon gar nicht mit einem Tiroler, Elisabeth sagte es gleich bei unserem ersten Treffen, ihre Großmutter habe ihr erzählt von jener Zeit, ihre Mutter auch, allerdings erst später. Ja, selbstverständlich habe ich die Marianne gekannt, wir sind gemeinsam in die Volksschule gegangen. Und was glauben Sie, wie uns die angestarrt haben am ersten Schultag, nun gab es uns sogar in doppelter Ausführung in der Klasse, uns, denen sie in den Gassen nachgeschrien haben, Negerle, Bastard, Igelfresserin.

Elisabeth, nunmehr pensioniert, arbeitete viele Jahre als Nachhilfelehrerin für Deutsch und Französisch in

Lindau am Bodensee. Nach dem Krebstod ihres Mannes, eines gebürtigen Rosenheimers, kehrte sie in die Stadt ihrer Kindheit und Jugend zurück, nicht zuletzt, um sich Klarheit über einige Fragen zu verschaffen, die sie schon lange umtreiben würden. Ob sie hier geboren sei, fragte ich sie, nein, ihre Antwort darauf, ich bin Vorarlbergerin, man hört's deshalb nicht, weil ich nach Tirol gebracht wurde, bevor ich mein erstes Wort sagen konnte.

Der Regen hat nachgelassen, ich ziehe mein Telefon aus der Tasche, sehe, dass es sich noch im Flugmodus befindet, und aktiviere die Sendefunktion. Einige Tarifinfos werden angezeigt und eine Sprachnachricht auf meiner Mailbox.

5.

Ich bin bei meiner Großmutter aufgewachsen, einer beherzten Frau, die kein schlechtes Wort auf den Führer kommen ließ, obwohl er ihr zwei der vier Kinder genommen hatte. Ihr Ältester, Hans, verhungerte im Lager Beketowka nahe Stalingrad, sein jüngerer Bruder Franz fiel bei der Offensive auf Bastogne im Dezember 1944. Blieb nur Onkel Michael, der Mittlere der drei Brüder, ich erinnere mich mit Schrecken an ihn. Ich höre noch, wie er polternd die Wohnung betritt, breitbeinig steht er im Türrahmen, sieht mich in der Küche und bellt meine Großmutter an: Schick den Bastard raus! Ich schaue zu meiner Großmutter, keine Regung in ihrem Gesicht, ich krieche unter den Tisch, sehe seine rissige Hand, spüre, wie er mich am Schopf packt und aus meinem Versteck hervorholt. Seine Krallen in meinem Haar, er zieht mich nach links, nach rechts, schüttelt mich und verpasst mir eine schallende Ohrfeige. Erst jetzt greift meine Großmutter ein, sie erhebt sich seufzend, streicht ihre Schürze glatt und legt dann die Hand auf seinen Arm, komm, Michael, das Kind kann nichts dafür, trink erstmal einen Kaffee. Sein Blick an ihr vorbei zum Herrgottswinkel, daneben an der Wand die Fotografien seiner Brüder, beide in Uniform.

Nun nimmt er wieder mich ins Visier, sein Kopf knallrot, er hebt abermals die Hand, meine Großmutter sagt: Michael, es reicht.

Ich sitze am Boden, weine leise, dabei ist mir nach Schreien zumute, aber ich traue mich nicht mal, den Rotz hochzuziehen. Fühle in meiner Rocktasche die Kastanie, ein Geschenk von Marianne, drück sie fest, hat sie gesagt, und alles wird gut, bei ihr funktioniere das immer. Finster ist es in der Küche und es riecht so ekelhaft nach Schmalz, eine Kindheit lang diesen Geruch in der Nase, ich werde ihn nicht mehr los. Die Küche liegt hofseitig, hat einen winzigen Balkon, von dort sieht man hinab zu den Beeten, Großmutter pflanzt alles Mögliche an. Nach dem Krieg sei das überlebenswichtig gewesen, sagt sie, aber eines Nachts hätten Unbekannte die Rabatte geplündert, sogar die Samen, die sie vorsorglich in einem kleinen Bretterverschlag versteckt hatte, seien gestohlen worden.

Die Wohnung meiner Großmutter befand sich im dritten Stock, vom Wohnzimmer aus konnte ich als Kind auf die Ruinen einer Glasmanufaktur schauen, drei Tage und Nächte habe sie gebrannt. Auch das nahe liegende Lager einer Papierhandlung wurde getroffen, glühende Papierfetzen stoben durch die Nacht, Häuser hinter brennenden Schleiern, ein gespenstisches Feuerwerk. Das habe Böses ahnen lassen, hat meine Großmutter gesagt. Das Haus mit ihrer Wohnung kam da glimpflich davon, zwar waren alle Fenster zersplittert und die Türstöcke teilweise zerstört, aber die Brandbomben im Dachboden wurden rechtzeitig entdeckt und konnten rasch gelöscht werden. Schlimmer hatte es ihren Bruder erwischt, sein Haus war dem Erdboden gleich, gerne hätte sie mit ihm getauscht und wäre gestorben an seiner statt.

Oft erzählte sie von Ausgebombten, über Monate und Jahre mussten sie in feuchten und verschimmelten Räumen hausen, zu zehnt, zu zwölft in zwei Zimmern. Von einem Buben erzählte sie, krank auf der Lunge sei der gewesen, musste mit seiner Mutter in einem winzigen Kabuff leben, also riet der Arzt: Schlafen Sie bei offenem Fenster! Dann springen nachts die Ratten übers Bett, die Fenster bleiben zu, schreit die Frau. Und wieder eine andere Mutter wird im Wohnungsamt vorstellig, als der Beamte sich abdreht und einen Aktenordner aus dem Regal holen will, legt sie ihr zehn Monate altes Kind auf seinem Schreibtisch ab und läuft davon. Was mit dem Baby passiert sei, habe ich wissen wollen, erhielt keine Antwort darauf.

Von Heimkehrern und Flüchtlingen sprach sie, in Lumpen gehüllt seien sie durch die Stadt geirrt, viele Osteuropäer darunter, von ihr als freches Gesindel bezeichnet. Und Juden, KZler, kaum in Freiheit und schon wieder aufmüpfig, hätten die Hand aufgehalten, wo doch nichts mehr zu geben war. Zudem seien ja die Franzosen dagewesen, immer energischer hätten sie die Ausweisung der Reichsdeutschen betrieben. Alles mussten die Armen zurücklassen, Mobiliar, Geschirr, Wäsche, binnen zwei Stunden hatten sie die Zimmer zu räumen. Die Wohnungen seien versiegelt worden und sollten den nach Tirol kommenden französischen Familien zur Verfügung stehen.

Und immer dieser Hunger! Großmutter schlägt die Hände über dem Kopf zusammen. Ein Vierteljahr lang keine einzige Kartoffel, Endiviensalat ohne Essig, 1/8 Liter Magermilch pro Magen muss reichen für eine Woche. Wer es sich leisten kann und ins Gasthaus geht, hat sein Besteck selbst mitzubringen. Damit stochert er dann in seiner Portion Gulasch herum – zwei Bröckerl Fleisch, zuckerstückgroß.

Solche Geschichten bekam ich zu hören bis in die Jugend herauf, sie redete immer nur vom eigenen Leid, als ließe sich anderes dadurch, wenn schon nicht ungeschehen machen, so doch zumindest entschuldigen, auch meines. Aber nie war mehr Verzweiflung in ihrer Stimme, als wenn sie vom gespenstischen Feuerwerk sprach, von zerborstenen Fenstern und Glutschleiern, Folge des Bombenangriffs vom 16. Dezember 1944, der Tag, an dem ihr Jüngster in Belgien starb.

Onkel Michael, erfuhr ich später, kam im Januar 1946 aus der französischen Kriegsgefangenschaft nach Innsbruck zurück. Abscheulich hätten ihn die Franzosen behandelt, im Lager sei er fast krepiert, musste sich aus Abfalltonnen ernähren. Manchmal habe er eine Maus gefangen, sie gekocht und verspeist, wurde mir erzählt. Niemals hätte er sich von den dreckigen Franzosen für die Fremdenlegion anwerben lassen und dann auch noch für ein Land gekämpft, das zwei Kriege hintereinander verloren habe. Viele seiner Kameraden, allen voran die von der SS, seien der Legion aber beigetreten.

Ein Jahr nach seiner Rückkehr wurde er bei einer großen Razzia verhaftet und im KZ Oradour bei Schwaz interniert, warum, weiß ich nicht. Woher das Lager seinen Namen hat, habe ich erst später herausgefunden, es sollte die dort inhaftierten Nazis und wohl die gesamte Tiroler Bevölkerung an das Massaker von Oradour-sur-Glane erinnern.

Ich habe meine Großmutter nie gefragt, was sie von solchen Verbrechen wusste. Dass sie einen Bezug herstellen konnte zwischen dem Gemetzel in Frankreich und dem Namen des Lagers, denke ich nicht. Und nie habe ich sie gefragt, ob sie wisse, bei welcher Einheit Onkel Michael vor seiner Gefangennahme gedient und wo überall in Europa er auf Menschen geschossen hat. So blieb mir die Antwort erspart, er habe nur seine Pflicht getan. Und das hätte sie gesagt, schon allein der beiden anderen Söhne wegen, und wer weiß, vielleicht auch, um ihre eigene Vergangenheit leichter zu ertragen.

Nach ihrem Tod, ich war fünfzehn, half ich beim Entrümpeln der Wohnung, dazu war ich gut genug, stracks schickte mich Onkel Michael in die Speisekammer. Schon als Kind hatte mich meine Großmutter manchmal zur Strafe dort eingesperrt, das Licht von außen abgedreht, und ich saß stundenlang im erbärmlichen Gestank nach Affenfett. Als es ihr wirtschaftlich wieder besser ging, befüllte sie die Kammer in beispiellosem Eifer, hortete Lebensmittel, als wollte sie eine ganze Kompanie durchfüttern. Einmal erzählte sie mir von Hamsterkäufen Anfang der 1950er-Jahre, das kannst du dir gar nicht vorstellen, mein Kind, die Menschen kauften alles Fett, das zu bekommen war. Gerüchte hätten die Runde gemacht, erneut stehe ein Krieg bevor, dreißigtausend Franzosen würden in Tirol stationiert, ohnehin habe jede und jeder gewusst, dass nachts Munitionstransporte in diverse Depots rund um Innsbruck stattfänden.

Eine Kiste mit auskeimenden Kartoffeln, mehrere Dosen wurmigen Mehls, Trockenfleisch, Konserven und Einmachgläser, fauliges Obst, Schmalztiegel, nach denen ich mit spitzen Fingern griff, Kaffeevorräte auf Monate hinaus.

Als ich mit der Kammer fertig bin und auf den Gang hinaustrete, sehe ich, wie Onkel Michael die hölzerne Windmühle zertrümmert, ich kämpfe vergeblich gegen die Tränen an. Meine schönsten Kindheitsmomente verdankte ich dieser Mühle, sie ließ sich von innen beleuchten, ich saß auf dem Schoß meiner Großmutter, und beide schauten wir auf die grünen und roten Fensterchen. Noch später, ich muss schon dreizehn, vierzehn Jahre alt gewesen sein, gönnten wir uns an vielen Abenden diese Augenblicke, und ich genoss es, wenn sie von ihrem Mann sprach, ihre Stimme wurde dann samten. Ihre Eltern hätten ihr, der reichen Bürgerstochter, ja von einer Heirat mit diesem Schenk abgeraten, aber sie hatte nicht anders gekonnt. Und sollte sie ihr eigenes Glück denn opfern, nur um andere nicht unglücklich zu machen? Sie erzählte von Spaziergängen in die umliegenden Dörfer, nach Mühlau, nach Lans, und ihre Augen glänzten, als sie vom Besuch des ersten Skispringens am Bergisel schwärmte. Auf ihrem Nachttisch hinter einem Sprung im Glas die Fotografie meines Großvaters in Uniform. Ja, ein schneidiger Kerl sei er gewesen, ein schöner Mann, und hätte ihn nicht ein heimtückisches Fieber hinweggerafft, er wäre gewiss zum besten Gastwirt von Innsbruck aufgestiegen. Für den Kaiser sei er am Isonzo gestanden, und an ihm sei es wahrlich nicht gelegen, dass die Walschen nach dem Krieg glaubten, vorlaut werden zu dürfen, er habe sie schon in die Schranken gewiesen. Ihre Stimme nun schneidend, und schärfer noch, als sie von verhunzten Jahren sprach, der Dollfuß, der katholische Depp, der Schuschnigg um keinen Deut besser. Gegen die Kirche wetterte sie, wann immer sich eine Gelegenheit dazu bot, erblickte sie Nonnen auf der Straße, rief sie ihnen zu: Vermaledeite Himmelhennen!

Was glotzt du so dumm, mach dich nützlich, brüllt Onkel Michael, tritt noch einmal mit dem Absatz auf die Überreste der Mühle, er hebt drohend die Faust.

Ihm kam immer wieder die Hand aus, lieber aber schlug er mit Worten zu, das schmerzte weit mehr als eine blutende Nase. Einmal, ich erinnere mich genau, es war an meinem zwölften Geburtstag, ein sonniger Frühlingssamstag im April, die Großmutter hatte mir erlaubt, Marianne mitzubringen, es gibt Zichorienkaffee, wir sitzen am Küchentisch, als Onkel Michael unerwartet im Türrahmen steht. Und ich höre ihn höhnen, was für eine ekelhafte Vermehrung, sagt er, tritt zu uns an den Tisch, seine Hand kracht auf die Platte, aus unseren Tassen schwappt der Kaffee. Marianne beginnt zu weinen, sie will davonspringen, er packt sie am Arm: Warum hast du es denn plötzlich so eilig, Negerle, beim Arbeiten seid ihr doch auch nicht so geschwind. Böcke seien unsere Väter gewesen, die Marokkaner hätten sich sogar an Buben vergangen, von ihren Plündereien zu schweigen, zahlreiche Villen hätten sie leergeräumt. Haben gestohlen, was sie in die Finger kriegten, Obst, Butter, Eier, um damit ihre Weiber gefügig zu machen. Die Höttinger Bauern hätten ihm erzählt, wie jeden Abend Scharen von Mädchen mit den Marokkanern im Wald verschwunden seien. Warum solle er dem Gehörten keinen Glauben schenken? Er habe sie doch mit eigenen Augen gesehen, die Verschlagenheit und Gier in den Blicken der Mohren.

Nun ist aber gut, unterbricht ihn meine Großmutter, als du aus der Gefangenschaft zurückgekommen bist, war kein marokkanischer Soldat mehr in der Stadt, beileibe nicht! Er ist perplex, diese Situation nützt Marianne, um sich seinem Griff zu entwinden, sie hastet los, die Wohnungstür fällt ins Schloss. Er setzt sich an den Tisch, vergräbt das Gesicht in den Händen, stöhnt laut auf. Dann sieht er mich plötzlich an, eine Mischung aus Hass und Verzweiflung in seinem Blick, er will schreien und bringt nur ein Krächzen heraus: Verschwind! Ich renne aus der Küche, nebenan ins Kabinett, lasse die Tür angelehnt. Die Stimmen gedämpft, aber jedes Wort hörbar:

Schau mich nicht so an, Mama, du weißt doch selbst, was sich zugetragen hat. Den Franzen musste alles gestellt werden, sie haben Betriebe beschlagnahmt, Wohnungen, Häuser. Sind einfach zur Tür reinspaziert und – wo ist die Schreibmaschine von Hans, wo deine alte Nähmaschine? Das Mobiliar haben sie zerhackt, weil sie Brennholz brauchten, haben ja so schrecklich gefroren, die Weichlinge, warum also nicht ein kleines Lagerfeuer entfachen im Wohnzimmer. Von Hof zu Hof sind sie gezogen, haben das Vieh aus den Ställen geholt, haben sich aufgespielt als die Herren und sich die Bäuche vollgeschlagen, während wir hier halb verhungert sind. Hat eine Bäuerin nicht gespurt, wollte sie die Eier nicht herausrücken, haben sie die Henne vor ihren Augen abgeknallt.

Ach, Michael, lass gut sein.

Nicht lass ich es gut sein! Zu Bettlern haben sie uns gemacht. Die Ehre haben sie uns –

Jetzt brüllt er wieder, mir schlägt das Herz bis zum Hals herauf, ich klammere mich an die Kastanie, denke fest an Marianne. Gleich wird er schreien, wird er wiederholen, was er so oft gesagt hat, schon hör ich ihn:

Deutsche Männer, deutsche Treue! Deutsche Frauen, deutsche Säue! Der Tommy hat recht gehabt, zumindest einmal hat er recht gehabt, der Tommy! Hätt an unserer Seite kämpfen sollen gegen die Bolschewisten, und was sind die Franzen anderes als Kommunisten. Nie werde ich ihnen verzeihen, was sie – weißt du noch, Mama, erinnerst du dich an die Villa vom Doktor, weißt schon, der Besitzer der Villa draußen in der Höttinger Au? Die haben sie ebenfalls requiriert, in dem Haus ist es zugegangen wie in einem Bordell! Frauen aus den angesehensten Innsbrucker Familien sind zu den Franzen gegangen, ich kenne ihre Namen, alle Namen kenne ich. Eine dieser Damen, Lehrerin ist sie gewesen, erscheint eines Tages nicht in der Schule, und was haben die Kinder gesagt, was? Heut kommt die Hur wieder einmal nicht.

Ich halte mir die Ohren zu, betrachte den Diwanüberzug, rote und braune Karos.

Ja, Huren, alles Huren! Wie die Mutter von dem Bastard!

Schluss jetzt, Michael, auch die Großmutter kann schreien, ich beginne, die Karos zu zählen, immer wieder von vorn.

Selbstverständlich habe ich meine Großmutter oft gebeten, sie möchte mir doch erzählen von den marokkanischen Soldaten, aber sie konnte nicht. Erst kurz vor ihrem Tod, sie war schon sehr verwirrt, sprach mich wiederholt als ihre Tochter an, sagte sie:

Unweit des Kamins, der damals vom Haus meines Bruders geblieben ist, hat sich ein städtisches Magazin befunden, in dem Marokkaner untergebracht waren. Täglich sind dort junge Mädchen ein- und ausgegangen, sehr junge Mädchen, vierzehn, zwölf, manches gar nur zehn Jahre alt.

6.

Meine Augen sind müde, das Zimmer nicht groß, doch bin ich in Paris schon in kleineren Hotelzimmern abgestiegen. Ich falte die Seiten zusammen, stecke sie zurück ins Kuvert, der erste von fünf langen Briefen, die mir Elisabeth geschrieben hat. Bei unserem Treffen in Innsbruck hatte sie beteuert, mir gerne helfen zu wollen, aber lieber in schriftlicher Form. Beim Schreiben könne sie sich Situationen besser vergegenwärtigen, mit den Worten kämen die Personen, die Stimmen, dann sehe sie wieder alles vor sich. Den Briefen legte sie Kopien aus Zeitungen und Büchern bei, zudem Fotografien.

Ich richte mich auf im Bett, ein stechender Schmerz im unteren Rücken, die Matratzen in Hotels sind stets zu weich, und sind sie einmal hart, sind sie zu kurz. Neben mir auf der braun-beigen Tagesdecke eines der Fotos, das Elisabeth ihrem Brief beigefügt hat. Eine Nachtaufnahme, Baracken im Scheinwerferlicht hinter meterhohem Stacheldraht, das Lager Oradour.

Vor einigen Jahren arbeitete ich für eine Fachzeitschrift an einem Aufsatz über dieses Lager, das die Einheimischen in der Nachkriegszeit immer noch als Konzentrationslager bezeichneten, wobei der Unterschied zu einem Nazi-KZ nicht hätte größer sein können. Die Internierten erhielten, was die Nahrungsmittelkarte hergab, konnten Besuch und Päckchen empfangen, Ausgeherlaubnis kein Einzelfall. Nichts im Vergleich zu jenen, die vor ihnen in den Baracken hausen mussten, Zwangsarbeiter der Messerschmittwerke. Unter Stock- und Peitschenhieben wurden sie barfuß in die Stollen des Bergwerks gejagt, verloren bei Arbeitsunfällen ihr Leben, starben an Erschöpfung. Wiederholt kam es zu Exekutionen, die Zahl der Ermordeten lässt sich kaum noch eruieren, ebenso wenig, wo die Toten verscharrt wurden.

Keine Ahnung, woher Elisabeth die Aufnahme hat, ich kann nur staunen, was sie alles zusammenträgt. Eines der beiliegenden Bilder zeigt ein Dutzend marokkanische Soldaten, zwanglos ihre Haltung, von militärischem Drill keine Spur. Die weißen Turbane mal tiefer, mal höher in die Stirn gezogen, scheu, aber auch neugierig schauen sie ins Objektiv. Khakifarben ihre Uniformen, um die Leibesmitte ein breiter Gürtel, weiß wie die über die Stiefel gestreiften Gamaschen. Ein anderes Foto, aufgenommen in einem Park, ein marokkanischer Soldat, drei Mädchen, zwei von ihnen vielleicht um die zwölf, die dritte bestimmt noch keine zehn Jahre alt. Die Älteren sitzen neben dem Soldaten auf der Bank, unsicher ihr Gesichtsausdruck, sie blicken Richtung Kamera, während er seinen Arm lässig ausstreckt und knapp über der Schulter eines der Mädchen an der Lehne auflegt. Mit der anderen Hand deutet er zum Fotografen, lächelt die Jüngste dabei an, die ihn gespannt mustert.

Was ist aus den Mädchen geworden, die Versuchung, mehr über ihr Leben zu erfahren, ist groß, ich mühe mich aus dem Bett und öffne das Fenster, es führt hinaus auf die Rue Campagne-Première. Zwar habe ich keinen Einblick auf die Terrasse des Bistro *Le Lithographe*, aber ich weiß, dass um diese Stunde immer viele Tische besetzt sind, unter den Gästen so mancher Friedhofsbummler, wie ich einmal einer war. Nicht selten hört man Spanisch in diesem Lokal, das Grab von Julio Cortázar ist zu Fuß in wenigen Minuten erreichbar, wann immer ich es aufsuchte auf dem Cimetière Montparnasse, fand ich Zettelchen mit Grußbotschaften in spanischer Sprache, Métro-Tickets und Zigaretten auf seinem Grabstein.

Über mir der Rauchmelder an der Zimmerdecke, ich beuge mich aus dem Fenster, zünde mir eine Zigarette an. Ob ich nicht lesen könne, schnauzte mich neulich eine junge Mutter an und schüttelte fassungslos den Kopf ob meiner Unverfrorenheit, außerhalb der markierten Zone am Bahnsteig zu rauchen, wie einen Hund an der Leine zog sie ihr Kind aus meiner Reichweite. Und mir kam mein Großvater in den Sinn, der mir einmal erzählte, dass während der Nazizeit Frauen qualmend an Restauranttischen saßen, unbeeindruckt von Schildern mit der Aufschrift *Die deutsche Frau raucht nicht*.

(Wie Samira mich immer strafend ansah, wenn ich mir bei einem unserer Spaziergänge eine Zigarette ansteckte! Ein guter Bekannter von ihr, ein Ägypter, habe ihr erklärt, sie dürfe qualmen, so viel sie wolle, das schade nicht, außer sie tue es im Gehen. Sie hielt sich an Gebote dieser Art, so lächerlich sie auch sein mochten.)

Ich betrachte noch einmal die Fotografie mit den drei Mädchen, ihre Füße stecken in Sandalen, sie haben keine Strümpfe an, tragen aber warme Mäntel. Die Aufnahme muss im ersten Nachkriegssommer entstanden sein, ab September 1945 wurden die marokkanischen Einheiten durch französische Alpenjäger ersetzt. Jüngst las ich im Tagebuch einer Innsbruckerin aus jener Zeit, die Marokkaner hätten das Tiroler Klima nicht vertragen.

Abermals trete ich ans Fenster, unschlüssig, ob ich hinübergehen soll ins *Lithographe* oder ob ich mich nicht doch lieber ein bisschen aufs Ohr lege, so wie es meine Absicht gewesen war, als ich mittags im nachlassenden Regen über den Boulevard Raspail herabspazierte ins Hotel. Der Herr an der Rezeption, ein feister Kerl in Anzug und Krawatte, telefonierte gerade, und ich stand gut zwei Minuten vor ihm, bis er endlich auflegte.

Leider hatte das Hotel, in dem ich in den vergangenen drei Jahren Stammgast geworden war, kein Zimmer mehr frei. Ich hatte telefonisch angefragt, Véronique war am Apparat gewesen, eine kleine, quirlige Frau mit blonden Korkenzieherlocken, keiner Plauderei abgeneigt, jedes Mal wenn ich sie hinter der Empfangstheke erblickte, fühlte ich mich ein wenig angekommen in der Stadt. Paris sei ausgebucht, hatte sie gesagt, Heiterkeit schwang in ihrer Stimme. Wie anders hatte sie geklungen, als ich Ende November 2015 im Hotel eincheckte, sie sei froh, dass ich noch komme, täglich hagle es Stornierungen, vor allem die Amerikaner würden auslassen. Aber ich sähe ja selbst, hatte sie leise gesagt, die Tische in den Lokalen verwaist, auf den Straßen kaum etwas los, eine bizarre Stille habe die Stadt erfasst. Und ich erinnerte mich an einen Fernsehexperten, über den ich mich furchtbar geärgert hatte, Paris sei ein angezählter Boxer, hatte er geplappert, Paris taumle, und nie hätte ich es für möglich gehalten, vor mir Véronique, mir schien tatsächlich, sie schwankte.

Während der Anschläge vom 13. November 2015 war ich am Starnberger See gewesen, ich hielt mit einem Münchner Kollegen ein Seminar ab. Wir hatten uns vorgenommen, den Kursteilnehmern aus Deutschland und Österreich ein sprachliches Rüstzeug zu vermitteln gemäß unserer Intention, auch ein Wissenschaftler solle schreiben können. Abends, nach mühsamen Stunden vor gelangweilten Gesichtern, saßen wir in der schlecht ausgeleuchteten Lobby des Tagungshauses, tranken Wein, die

Seminaristen tauten auf. Und ich weiß nicht mehr, wer es war, ob der Salzburger oder der Steirer, der wissen wollte, wie das Match Frankreich gegen Deutschland ausgegangen sei. Ein Mobiltelefon lieferte rasch das Ergebnis, und ich sah die schamlose Freude auf den Wangen meiner österreichischen Landsleute, deren Ressentiments mich durch die Kindheit begleitet hatten. 2:0 also für die Franzosen, hurra, dem Piefke wurde eins übergebraten, Piefke meine Mutter, Piefke mein Vater und ich ihr Piefke-Kind. Ich verabschiedete mich rasch von der Gruppe, betrat mit einer Flasche Rotwein unterm Arm mein Zimmer, kein Fernseher im Raum. Nachts zwei Anrufe, aber mein Telefon auf lautlos gestellt, und so erfuhr ich erst am nächsten Morgen von den vielen Toten in Paris. Unverzüglich rief ich Stefan an, landete in seiner Mailbox, wählte den Festnetzanschluss, hörte die Stimme Sandrines.

Stefan sei nicht da, sagte sie genervt, er sei mit einem Filmteam in der Normandie, sie wisse gar nicht, was es da noch zu filmen gebe, jeder Busch, hinter dem sich ein Nazi verschanzt habe, sei doch inzwischen weltweit bekannt. Während sie Luft holte, wollte ich etwas entgegnen, da fing sie an zu schreien: Ihr spinnt komplett, ja, verrückt seid ihr, Nazi hier, Nazi dort, die Geschichte ist vorbei, aus welcher Perspektive ihr sie auch immer beleuchtet. Zum Kotzen ist das, zum Kotzen sind eure Komplexe, die ihr so selbstherrlich überspielt, zum Kotzen seid ihr, hört ihr euch selbst mal zu? Ihr seid sowas von arrogant, attestiert jedem Gedächtnisschwund, schwafelt von Erinnerungskultur und weiß der Teufel was noch, wühlt permanent in der Vergangenheit herum, stellt euch doch dem Heute, wie wär's mit ein bisschen Gegenwartsbewältigung!

Sie begann zu weinen, ich versuchte sie zu beruhigen, ich sei einfach nur froh, dass sie, Stefan und die Buben wohlauf seien. Es gab nicht mehr zu sagen, und ich hätte auflegen sollen, doch ich hielt das Telefon weiterhin am Ohr, stand auf der Terrasse und schaute hinaus auf den Starnberger See, der so ruhig dalag, als wollte er mir bestätigen, ich sei auf dem richtigen Weg.

Längst hatte ich vom Vorhaben Abstand genommen, Samira wirklich finden zu wollen, wozu hätte das gut sein sollen? Mein erster Gedanke, damals im Archiv, sie müsse in verwandtschaftlicher Beziehung zu Marianne stehen, kam mir mittlerweile nachgerade lächerlich vor. Wie hatte ich mich derart versteigen können! Schon in den ersten Wochen, nachdem ich den Zeitungsartikel gefunden hatte, war ich ins Grübeln geraten, hatte sich die Ähnlichkeit zwischen Samira und Marianne mehr und mehr aufgelöst. Und vielleicht war ich im Februar ja deshalb nach Paris geflogen, um mir von Stefan meine Zweifel bestätigen zu lassen, wer hätte das besser gekonnt als ein Freund, den ich seit Kindheitstagen kannte und auf dessen Wort ich vertraute.

Was Sandrines Wortschwall auslöste, war nicht allein das Entsetzen über die Attentate vom Vorabend, sie kam nicht zurecht mit Stefans Blick auf die Welt und mit meinem demnach auch nicht. Sie würde nie begreifen, dass für einen Deutschen oder Österreicher die Geschichte nie vorbei sein konnte, ja, nie vorbei sein durfte. Und ich war auf der Terrasse des Tagungshauses überzeugter denn je, nur noch Mariannes Spur zu verfolgen, hätte Sandrine nicht plötzlich gesagt:

Diese Bastarde, am besten, sie wären nie geboren worden. Viel zu lange haben wir zugesehen, wie sie sich zusammenrotten, diese Kanaillen, wegspülen hätten wir sie sollen!

Ich hatte oft mit Stefan darüber gesprochen, es war in seinem ersten Pariser Jahr, als in den Vorstädten Krawalle ausbrachen, spektakulär die Bilder, in Echtzeit übermittelt, drei Wochen lang konnte man live dabei zusehen, wie sich vor den Toren von Paris ein Abgrund auftat. Rasch sprach man von bürgerkriegsähnlichen Zuständen, denen der damalige Innenminister mit dem Kärcher beikommen wollte.

Suchst du sie noch, deine kleine bougnoule?, hörte ich Sandrine fragen und legte auf.

7.

Ich wusste sofort, dass er es war. Die Narbe über der linken Braue habe er sich zugezogen, als ihn ein Scheißbulle in den Arrestwagen geschubst habe, nein, bougnoule, Kameltreiber oder Affe habe ihn das Arschloch nicht genannt, aber in den Blicken des Polizisten seien genau diese Worte gestanden. Rachid sah mich kurz an, und ich hatte den Eindruck, auch er würde mich wiedererkennen, doch dann ging er an meinem Tisch vorbei in den hinteren Teil des Lokals, nahm Platz an der Theke.

Seit drei Tagen lag ich hier auf der Lauer, ich war kurzerhand abgereist aus der Picardie, wo ich mit Stefan und Sandrine den Jahreswechsel verbracht hatte in einer mich erdrückenden Atmosphäre aus Kaminheimeligkeit und rustikale Einfachheit vortäuschendem Luxusmobiliar. Am Neujahrstag war Sandrine in ihrem Element gewesen, das hätten die Deutschen jetzt von ihrem Gutmenschentum, sie sah sich in all ihren Anschauungen bestätigt, als wir die Nachrichten von den Übergriffen in Köln hörten.

Gegenüber der Bar das Eingangstor, dahinter das Stiegenhaus, in dem ich mich zum ersten Mal mit Samira gestritten hatte nach der mich so ernüchternden Diskussion über den algerischen Bürgerkrieg. Danach waren wir in

Château Rouge in die Métro gestiegen, obwohl sie unweit von Rachid in einer Seitenstraße des Boulevard Barbès ihre Wohnung hatte. Aber sie wollte kreuz und quer durch die Stadt, schweigend waren wir nebeneinander gesessen. Sie liebte die U-Bahn-Fahrten, die Métro hebe alle Unterschiede auf, sagte sie einmal, in der Métro seien alle Menschen gleich, hier gebe es keine erste Klasse. Und sie genoss die halbe Stunde Fahrtzeit, die sie täglich zurücklegen musste, um von ihrer Wohnung im 18. Arrondissement zum Arbeitsplatz in den 6. zu gelangen, die Fahrt war wie eine Häutung, sie stieg morgens aus in einer Welt, der sie sich zugehörig fühlte, kehrte abends verdrossen zurück in die Straße, die in ihren Ausweispapieren stand.

Rachids Wohnung lag straßenseitig, in der zweiten Etage, vor drei Tagen hatte ich mehrmals vergeblich an seiner Tür geklingelt. Also war ich in die Bar gegangen, vielleicht war er bei der Arbeit und würde bald in der Straße auftauchen, ich hatte hinübergeschaut zu den Fenstern und mir war vorgekommen, einer der Vorhänge hätte sich bewegt. Nun saß er in meinem Rücken, und das Beste wäre, ihn im Lokal anzusprechen, ich drehte mich um, sein Platz war leer. Ich trat zur Bedienung an den Tresen, hier sei doch Rachid gesessen, ob sie wisse, wohin er gegangen sei?

Ich kenne keinen Rachid, und gesessen ist hier auch niemand, sagte sie.

Ich zahlte und verließ die Bar, trat hinaus auf die Straße, die Samira immer hatte verlassen wollen, sie hasse diesen Souk, diesen Mief, diese Drogendealer und Allesverkäufer, brauchst du eine Knarre oder etwas fürs Bett? Und hör mir bloß auf, hatte sie geflucht, natürlich gibt es hier auch Touristen, nächstens fliegen sie zum Golfen nach Marrakesch und schwärmen dort von tausendundeiner Nacht.

Über den Häuserzeilen erblickte ich die Kuppel von Sacré-Cœur, die Basilika zu Fuß in wenigen Minuten zu erreichen und doch so fern in dieser Gegend. Dennoch hatte ich Samiras Hadern immer als überzogen empfunden, ich war gerne eingetaucht in diesen Duft nach Minze und Koriander, hatte mich am vielfarbigen Ramsch der Trödler nicht sattsehen können, aber vielleicht war ich eben auch nur eine frohwohlwestliche Natur mit einem Hang zur Exotik gewesen, realitätsfern mit einem Wort. Plötzlich hörte ich hinter mir wen fragen: Was wollen Sie von mir?

Vorhin im Lokal war mir nicht aufgefallen, wie müde er aussah, Rachid wirkte, als hätte er tagelang nicht geschlafen. Seine Augenhöfe bläulich schwarz, fiebrig der Blick, er sei ein Heißsporn, hatte Samira einmal gesagt. Sein Bart etwas angegraut, das dunkle Haar wie früher auf Zentimeterlänge geschnitten, und immer noch die hagere Statur, bei der jedes Kleidungsstück den Eindruck erweckte, es sei eine Nummer zu groß gekauft.

Ich suche Samira und hatte gehofft, Sie würden mir dabei helfen können. Aber Sie scheinen sich nicht mehr an mich zu erinnern, sagte ich.

Er sah mich verwundert an, und ich fügte hinzu: Ist mehr als fünfzehn Jahre her, Samira und ich waren damals ein Paar, sie hatte eine kleine Wohnung in diesem Viertel, und wir waren einige Male bei Ihnen zu Besuch. Sie haben bei einem kleinen Radiosender gejobbt, um sich Ihr Studium zu finanzieren. Wir waren übrigens per Du.

Unverkennbar, dass es hinter seiner Stirn zu arbeiten begann, seine Braue zuckte.

Die Narbe, sagte ich, sie rührt her vom Kampf mit einem Polizisten.

Rachid seufzte verächtlich auf, von einem Kampf könne ja wohl nicht die Rede sein, der dreckige Hund habe ihn – ob ich der Österreicher sei? Der Dichter?

Die Kellnerin warf Rachid einen fragenden Blick zu, den er mit knapper Geste beantwortete, wir nahmen Platz, schon auf dem Weg ins Lokal hatte er gesagt, er wisse nicht, wo Samira sei, in Barbès gewiss nicht mehr, im Viertel kenne er alle und jeden. Vielleicht hat sie geschafft, was sie immer wollte, hatte er gesagt, Hauptsache, weg von hier. Oder sie ist nach Syrien aufgebrochen, er hatte gelacht und rasch hinzugefügt: War ein Scherz, aber unsereins steht generell unter Verdacht, mit der Kalaschnikow unterm Bett vom Einsatzbefehl zu träumen, Paris ist die Stadt der Schläfer, wusstest du das nicht?

Eventuell weiß Farah mehr, sagte er jetzt, kannst du dich an sie erinnern?

Und ob ich das konnte. Farah war mir schrecklich unsympathisch gewesen, eine enervierende Person mit schriller Stimme, die sie gegen die von Imperialistenschweinen verursachten Ungerechtigkeiten der Welt erhob, Probleme, für deren Lösungen sie fortwährend andere in die Verantwortung zog, Politiker vornehmlich, aber das seien alles Versager. Ich hatte nie verstanden, warum Samira so eng mit ihr befreundet war, die beiden waren wie Tag und Nacht, vermutlich funktionierte es gerade deshalb so gut zwischen ihnen.

Wo finde ich Farah, wohnt sie noch in Barbès?

Rachid schüttelte den Kopf: Sie ist zu ihrer Mutter gezogen, der Alten geht es nicht gut. Ich kann dir ihre Mailadresse und Telefonnummer geben, ich denke nicht, dass du Lust hast, nach Lunel zu fahren, wenn du überhaupt weißt, wo das ist, im Süden, nahe Montpellier. Wie lange bleibst du in Paris?

Ich weiß nicht, sagte ich, höchstens ein, zwei Tage noch, die Weihnachtsferien sind bald vorbei und ich muss zurück an die Uni.

An die Uni? Studierst du etwa jetzt?

Ich unterrichte, antwortete ich und sah, wie Rachid erstaunt die Braue hob.

Wolltest du nicht einen Roman schreiben damals, einen Roman über die Liebe?

Ich war überrascht, dass er sich daran erinnerte, freute mich zugleich, dass er nicht Liebesroman gesagt hatte, winkte ab. Eine Histoire sans paroles sei eine denkbar schlechte Voraussetzung für einen Roman, antwortete ich.

Histoire sans paroles, wiederholte er leise. Ich bin verheiratet, habe drei Kinder, die Hoffnung, dass es ihnen irgendwann besser gehen wird als mir, habe ich aufgegeben. Hier verändert sich nichts, und wenn, dann zum Schlechten. Auch das macht sprachlos.

Er hob das Teeglas leicht an, stellte es zurück auf den Tisch, mit den Zeigefingern beider Hände stieß er sich gegen die Brust. Schau mich an, sagte er, ich habe mein Studium abgeschlossen, ich habe alles getan, was in meinen Möglichkeiten stand, um es zu einem besseren Leben zu bringen. Aber irgendwann hatte ich die Schnauze voll, wollte mich nicht mehr am Arbeitsamt anstellen müssen, wollte nicht mehr von einem Bewerbungsgespräch zum nächsten latschen, wollte sie einfach nicht mehr hören, die immer gleiche Antwort: Tut mir leid, mein Herr, der Posten ist schon besetzt.

Seine Stimme merklich lauter jetzt, die Enttäuschung in seinem Blick wich Hass.

Hier, sagte er, hier im ach so grandiosen Frankreich, dessen ach so grandiose Ideen der Gleichberechtigung mir in der Schule eingetrichtert wurden bis zum Gehtnichtmehr, hier in diesem wunderbaren Land gibt es zwei Faktoren, die deine Zukunft bestimmen: die Hautfarbe und die Anschrift.

Das kam mir klischeehaft vor, aber Samira hatte ähnlich argumentiert. Sie fürchte sich, ihre Adresse auf dem

Bewerbungsbogen anzugeben, wohnst du in einem stigmatisierten Viertel, hatte sie gesagt, trägst du diesen Makel mit dir von Gesuch zu Gesuch. Sie könne von Glück reden, habe ihre Anstellung in der Boutique vermutlich einer Hochzeit zu verdanken, der alte Sack hätte sie sonst wahrscheinlich nie eingestellt. Der Besitzer des Ladens, ich erinnere mich unscharf an sein Gesicht, hatte eine Maghrebinerin geheiratet.

Ich bin ein Clichois, fuhr Rachid fort, bin und bleibe ein Clichois, selbst wenn sie mir dort draußen nunmehr mit der gleichen Verachtung begegnen wie die feinen Franzosen im Stadtzentrum. Als hätte ich etwas erreicht, als wäre ich nicht lediglich von einem Ghetto ins andere übersiedelt.

Er war kurz in sich zusammengesunken, richtete sich rasch wieder auf und sah mich herausfordernd an.

Hast du eine Ahnung, was sich dort täglich tut in Chêne Pointu, Clichy-sous-Bois? Nichts tut sich. Du hast Zeit ohne Ende und diese Zeit schlägst du tot. Du hängst mit deinesgleichen herum, sie warten auf genauso viel wie du, einen Joint, damit lässt es sich leichter lachen über die alten Nieten, die in ihren Kaftanen zum Freitagsgebet wieseln. Alles, was du brauchst, sind Markenklamotten, sonst fällst du bei deiner Truppe durch, und du musst lernen, die Schultern so zu bewegen wie die schwarzen Rapper auf M6, ein paar derbe Sprüche dazu, und das würde schon reichen, um die Spießer auf den Champs-Élysées zu schockieren. Und das wäre mal ein bisschen Abwechslung und immer noch besser, als den Katzen dabei zuzusehen, wie sie Müllsäcke zerfetzen, was sie übrig lassen, vergammelt in den Straßen, Nachschub gewiss, Abfall kommt von oben aus Fenstern in Gebäuden, die wie Schließfächer sind. In denen will keiner leben, auf engstem Raum, die Zimmer vollgestopft mit Möbeln, Koffern, Taschen. Über dir Lärm, unter dir Lärm, Lärm im Stiegenhaus, durch das du täglich musst in den vierzehnten Stock, der Lift funktioniert nicht, schon seit Jahren nicht. Keiner fühlt sich zuständig, keiner hilft, alles, was du vom Staat siehst, ist seine Polizei.

Rachid hatte die Augen geschlossen, während er sprach, ich dachte an Samira, die mir Ähnliches erzählt hatte, sie war in La Courneuve aufgewachsen.

Hände an die Wand, Beine auseinander, Leibesvisitation, das erlebst du nicht nur einmal und man möchte ja meinen, irgendwann gewöhnt man sich dran, aber es gelingt dir einfach nicht. Wieder öffentlich zur Schau gestellt als Verbrecher, als Versager, wieder gedemütigt vor deinen Freunden, ein Schamgefühl schießt dir in den Schädel, zuckt dir im After, und du kneifst die Arschbacken zusammen.

Sein Telefon klingelte, Rachid riss die Augen auf, er drückte den Anrufer weg. Entschuldige, sagte er, ich will dich nicht zutexten mit dem Mist, aber er steckt mir in den Knochen, abschütteln kann ich ihn nicht. Immer Bürger zweiter Klasse, und die Politiker labern vom Pacte républicain, der allen Franzosen ungeachtet ihre Hautfarbe und Adresse die gleichen Rechte und Pflichten garantiert. Klar gibt es Kriminalität dort draußen, aber die meisten fühlen sich einfach im Stich gelassen, und weißt du, was sie gebrüllt haben damals 2005? Liberté, Égalité, Fraternité – pas dans les cités!

Die Kellnerin war zu uns an den Tisch getreten, legte ihre Hand auf Rachids Schulter. Nicht so laut, sagte sie, dadurch wird es nicht besser. Er schaute zu ihr auf wie ein Kind, dem ein Verbot ausgesprochen wurde und das nicht verstand, warum. Er griff nach ihrer Hand, an deren Fingern der Nagellack an manchen Stellen abgeplatzt war, und drückte sie fest.

Es war voll geworden im Lokal, am Tisch bei der Eingangstür saßen vier Jugendliche, die mit ihren Telefonen herumspielten und sich vermutlich gegenseitig Videos zeigten. Alle trugen sie Sportschuhe, die neu aussahen, Kapuzenpullis von Adidas und Nike. Neben den vieren zwei Alte mit fahlen Gesichtern, der eine öffnete unentwegt den zahnlosen Mund, als wollte er etwas sagen, der andere kratzte sich beharrlich am Kinn. Beide starrten zu der dicken Dunkelhäutigen in bunter Gewandung, ein breites Tuch um ihren Kopf geschlungen, das farblich auf ihr Kleid abgestimmt war. Sie stopfte ihrem Kind in einem fort Chips in den Mund, leckte sich die Finger ab und brütete vor sich hin.

Rachid war meinem Blick gefolgt, nun sah er wieder mich an. Er griff zum Teeglas, leerte es in einem Zug, drehte es dann in der Hand, lehnte sich zurück und schlug ein Bein übers Knie. Während er das Glas weiterhin betrachtete, fragte er: Was willst du eigentlich von Samira? Jetzt, mehr als fünfzehn Jahre später?

Eine lange Geschichte, sagte ich.

Ich habe Zeit, antwortete er.

Wollen wir nach draußen auf eine Zigarette?

8.

Es war kalt geworden, ich schlug den Mantelkragen hoch. Die Sirenen eines Rettungswagens, schon sahen wir ihn an uns vorbeifahren, er tauchte die Straße kurz in blaues Licht, und ich fing an zu erzählen. Von Samira und unserer Trennung, von meiner Rückkehr nach Österreich, von meinem Studium und den Recherchen zu einem Buch, vom Zeitungsartikel, den ich gefunden hatte. Rachid hüpfte von einem Bein aufs andere, rieb sich die Oberarme, ihn schien nicht sonderlich zu interessieren, wovon ich sprach. Plötzlich aber fragte er: Und diese Marianne, warum ist ihr Vater Marokkaner?

Ich fühlte mich unbehaglich beim Gedanken, einem Franzosen etwas über die Geschichte seines Landes zu erzählen, aber das war mir bereits als Student klar geworden: Die Besatzungszeit in Österreich hat wenig Spuren im Gedächtnis Frankreichs hinterlassen, ja, den meisten Franzosen war sie schon kurz nach Kriegsende völlig einerlei.

Und seit wann suchst du Marianne?

Seit einem Jahr, sagte ich.

Kapuzenjacken huschten an uns vorbei, während ich von marokkanischen Gebirgsdivisionen sprach, auf der gegenüberliegenden Straßenseite Polizisten mit Schlagstöcken, neben mir Rachid, der einen Zischlaut ausstieß und mich aufforderte weiterzuerzählen. Den Dealer, der mich vom Angebot seiner Waren überzeugen wollte, wimmelte er mit lässiger Geste ab, und ich war unterdessen bei Mariannes Verschwinden im Jahr 1976 angekommen, als Rachid mich unterbrach: Und was hat das alles mit Samira zu tun?

Ich schwieg, trat einen Schritt zur Seite, die vier Jugendlichen im Rapper-Outfit verließen das Lokal, ich sah ihnen nach, wie sie in der Dunkelheit verschwanden. Es war ruhig geworden, lieber eingepfercht in baufälligen Häusern, die Menschen zogen ihre winzigen Wohnungen der Kälte vor. Meine Finger waren klamm, Rachid rieb sich die Hände.

Marianne schickt dich auf die Suche nach Samira und Samira wiederum auf die Suche nach Marianne?

Ich wollte entgegnen, dass das so einfach nicht sei, dachte an Sandrine und hörte Rachid sagen: Hübsche Geschichte, doch du hättest auch meine haben können, sie ist zwar alles, was ich besitze, aber –

Er schien zu spüren, dass er an etwas rührte, über das zu reden jetzt nicht war und das mich, schon seit er über meine Tätigkeit an der Uni gestaunt und nach meinem einst geplanten Roman gefragt hatte, nicht mehr losließ. Wir standen noch eine Weile stumm und rauchend nebeneinander, jeder seinen Gedanken überlassen, als plötzlich ein Knall die Stille zerriss. Ich sah Rachid verblüfft an, die Glassplitter auf seinen Schultern, er schaute nach oben, eine der Laternen war zerplatzt.

Hast du Angst?, fragte er.

Bei einem derartigen Aufgebot von Soldaten und Polizisten?

Halte dich von ihnen fern, sagte er, wir da draußen haben selbst die Feuerwehrmänner gehasst, verstehst du?

Wir verabredeten uns für den nächsten Tag, ich solle dreimal lang, zweimal kurz klingeln, dann wisse er Bescheid. Er gab mir die Adresse von Farah, klopfte mir auf die Schulter, stülpte sich die Kapuze über den Kopf und schlurfte los.

Ich kehrte noch einmal ins Lokal zurück, wo mich die Kellnerin nun mit einem freundlichen Nicken begrüßte. Sie entschuldigte sich, mich vorhin so abgespeist zu haben, sie habe gedacht, ich sei ein Ziviler.

Woher kennen Sie Rachid?

Ein zweites Mal an diesem Abend fing ich an, von Samira zu erzählen, und während ich mich über sie reden hörte, fiel mir auf, wie wenig ich über sie wusste. Ihre Großeltern stammten aus Casablanca und siedelten sich nach der Unabhängigkeitserklärung Marokkos im Süden Frankreichs an, im Département Gard, wo Samiras Eltern später einen Gemischtwarenladen betrieben, ehe es sie bald nach der Geburt ihrer einzigen Tochter nach Paris La Courneuve verschlug. Einmal hatte ich Samira gefragt, ob sie mir nicht zeigen wolle, wo sie aufgewachsen sei, sie war fassungslos gewesen und hatte mich angeschnauzt: Auf eine derart bescheuerte Idee kannst auch nur du kommen!

Ich entschloss mich, zu Fuß zum Hotel zu gehen, die Métro hätte mich zu rasch wieder in eine Welt entlassen, die nichts gemein zu haben schien mit der, die Rachid in seinen Worten heraufbeschworen und Samira mir nicht hatte zeigen wollen. Bald schon würde ich zurückkehren nach Innsbruck, stünde ich wieder im Hörsaal und ärgerte mich über administratives Geplänkel im verschulten Unibetrieb.

Als ich auf den Boulevard de Bonne-Nouvelle abbog, dachte ich an den Silvesterabend mit Stefan und Sandrine. Sie wolle das Landhaus im Sommer renovieren lassen, hatte Sandrine gesagt, es mangle an so manchem, ich wüsste genau, woran, hatte ich eingeworfen, und Stefan war hinaus auf die Terrasse, um eine Zigarette zu rauchen. Dann der Neujahrstag, Sandrines höhnisches Gelächter, Willkommensklatscher, was nun?

Es war offensichtlich, sie hatte Angst. Fahrige Gesten begleiteten ihre Sätze, immer wieder griff sie zum Glas, schenkte sich Whiskey nach. Ich erinnerte mich an ihren Wutausbruch einige Wochen zuvor, am Telefon.

Die Jungen ließen sich ihre Feten nicht verderben, die Alten erinnerten sich an Attentate früherer Zeiten, es war die mittlere Generation, die in Panik geriet. Bei einem Spaziergang durch ein nahe gelegenes Wäldchen hatte Stefan mir erzählt, Sandrine leide seit den Terrorangriffen an Schlafstörungen, eine ihrer Freundinnen sei unter den Opfern gewesen, sie traue sich kaum noch auf die Straße. Erst neulich habe sie nachts die Polizei gerufen, laute Stimmen im Stiegenhaus, der Nachbarschaftsstreit war rasch geschlichtet worden. Vom Atlantik her hatte der Wind aufgefrischt, und wir waren stumm zurück zum Landhaus gestapft, am nächsten Morgen hatte ich die Picardie verlassen, Stefan und Sandrine wollten noch bis zum Dreikönigstag bleiben.

Rue du Louvre, Quai François-Mitterrand, zurück im Prunk, über den Pont des Arts hinüber auf die andere Seite der Seine, nach gut eineinhalbstündigem Marsch kam ich an im Hotel. Véronique hatte Dienst, doch mir war nicht mehr nach einem Gespräch, ich ließ mir die Schlüsselkarte aushändigen und verschwand in meinem Zimmer. Ich dachte an Samira, die Histoire sans paroles, mein Ablassen vom Roman, das mich einer anderen Zukunft zugetrieben hatte, auf dem schmalen Tisch unter dem Fernseher Recherchenotizen, der Zeitungsartikel mit dem Foto von Marianne, ich legte mich aufs Bett und erinnerte einen Satz, den ich einmal gelesen hatte: Das Leben ist nicht literarisch.

9.

Am Nebentisch wird spanisch gesprochen, ein junges Paar, in dem ich Samira und mich widergespiegelt sehe, in anderer Konstellation allerdings, hier ist sie es, die ihn wortreich auf den anstehenden Friedhofsbummel einstimmen will, er lässt es mit gelangweilter Miene über sich ergehen. Vor mir das Foto von den drei Mädchen mit dem marokkanischen Soldaten, Blätter, Notizen, die Kopie eines Zeitungsartikels, verfasst Ende der 1940er-Jahre, Elisabeth hat ihn mir geschickt: Die Jugendkriminalität hat sich in den letzten Jahren verzwölffacht, die Zahl der an Syphilis Erkrankten verdreifacht, es herrschen Prostitution und Hunger. Und leider gibt es immer wieder Mütter, die ihre Töchter systematisch auf den Strich schicken, damit sie Geld oder Lebensmittel nach Hause bringen.

Ich schaue hinüber zu einem Lycée, der Aufschrift zufolge eine Hotelfachschule, ein paar Schüler stehen vor dem Portal, über ihren Köpfen die Losung: Liberté, Égalité, Fraternité. Der Kellner kommt an meinen Tisch, ein junger Mann mit akkurat gezogenem Scheitel, ob auch er dort drüben in die Schule gegangen sei, frage ich. Er verneint empört, er jobbe nur ab und zu hier in diesem Café, rein aus Freude, Menschen kennenzulernen, er studiere an der Assas, an der Université Panthéon-Assas, fügt er geflissentlich hinzu, er hat mich als Touristen ausgemacht.

Sind Sie schon lange in Paris?

Seit heute Vormittag, antworte ich.

Dann haben Sie ja den Wolkenbruch miterlebt, sagt er, ich bejahe, ich sei an der Place Denfert-Rochereau angekommen, als es losgegangen sei. Wollten Sie in die Katakomben?, fragt er und dreht sich ab, seine Freude, Menschen kennenzulernen, scheint erschöpft zu sein.

Ein anderes Foto, das Elisabeth beilegte, hatte mich schon erheitert, als ich während meines Studiums das erste Mal darauf gestoßen war: Zwei livrierte Lakaien mit weißen Perücken und Silberleuchtern in den Händen schreiten eine Treppe empor, in ihrem Gefolge General Béthouart und Bundeskanzler Figl. Die Trachten der Diener erinnern an die Zeit Ludwigs XV., unter dessen Regentschaft der jahrhundertealte Konflikt zwischen Frankreich und Österreich beigelegt wurde.

Fürwahr, hier trafen zwei aufeinander, die außer dem Verweis auf eine vermeintlich gloriose Vergangenheit nichts zu bieten hatten, sich beide als Opfer der Hitlertyrannei sahen und erstaunlich wenig voneinander wussten. Das war mir noch in der Zeit mit Samira klar geworden, die klischeehaften Karikaturen zum österreichischen Regierungswechsel waren zwar besser gemacht als die Zeichnungen in den Broschüren, auf die mein Doktorvater mich später hinwies, aber schlussendlich vermittelten sie das gleiche Bild.

Ich erinnere mich an eines der Hefte, auf dem Deckblatt eine Illustration wie aus einem Kinderbuch: Im Vordergrund links ein Ziehharmonikerspieler mit Tirolerhut samt Feder, rechts ein tanzendes Trachtenpärchen auf saftigen Wiesen unter grünen Almen, ein Dorf bestehend aus ein paar Höfen und Ställen, die eine Kirche mit rotem

Zwiebelturm umlagern, im Hintergrund sanfte Berglandschaften, verschneite Gipfel.

Auch im Innenteil der Broschüre kindliche Zeichnungen als Aufforderung, Österreicher und Deutsche nicht gleich zu behandeln, ein französischer Offizier, der einen grimmig dreinschauenden Wehrmachtsoldaten mit Stahlhelm in einen Sack steckt, den österreichischen Lederhosenknaben aber wegschickt. Freilich, mit solcherart Darstellungen war es vorbei in jenen Wochen, als Samira anfing, mir mit einem Roman in den Ohren zu liegen.

Eine Abbildung hat sich mir besonders eingeprägt: Wieder zwei Buben in Seppltracht, die beiden hängen links und rechts an den Händen einer imposanten Frau in strahlend weißem Kleid, die große Marianne, Sinnbild für Frankreich, führt das kleine Österreich in die Zukunft, Mündel und Vormund. Dass Andreas Hofer auf Befehl Napoleons erschossen worden war, konnte die Broschüre nicht übergehen, dessen Bereitschaft aber, einer Fremdherrschaft zu trotzen, wurde ausdrücklich gelobt. Jedem sein Mythos, Hofer hier, Résistance dort, das passte zusammen.

Würde Samira sich in Marianne erkennen? War es Zufall oder Absicht, dass Mariannes Mutter ihrer Tochter den Namen gab?

Der Kellner bringt meinen Kaffee, neugierig schaut er auf die vor mir ausgebreiteten Fotos, kratzt sich hinterm Ohr, augenscheinlich will er etwas sagen, die Spanier wissen es zu verhindern, sie wollen bezahlen.

Ich wollte nie ins Gastgewerbe, Marianne aber hat damit geliebäugelt, sagte Elisabeth bei unserm Treffen vor drei Jahren in Innsbruck, wir saßen bei hochsommerlichen Temperaturen auf der Terrasse eines Kaffeehauses in der Maria-Theresien-Straße. Über Kindheiten unterhielten wir uns, und wie schwierig es sei, in der Sprache des anderen zu denken, wir wurden umspült von Stimmen und Gelächter, von Sätzen in Englisch, Italienisch, Russisch. Touristenströme zogen an uns vorbei, von der Triumphpforte kommend, von der Hofburg, aus dem Sacher. Gegenseitig hätten sie sich Vokabeln abgefragt, Marianne sei fanatisch nach dem Französischen gewesen, alors, d'abord, d'accord, selbst im Innsbrucker Dialekt, assez bien, gemma, habe Marianne gesagt, allez!

(Samiras Sätze strotzten vor Füllwörtern, euh, bof, t'sais? Und in einem fort, vor allem wenn sie zornig wurde, quoi, quoi, quoi.)

Sie wollte nach Lausanne, sagte Elisabeth, ja, Marianne wollte als Au-pair-Mädchen nach Lausanne. Hauptsache, weg aus Innsbruck, schon in den Jahren der Volksschule, dort habe sie doch nur gelernt, Tirol zu hassen, und zugleich die anderen Kinder beneidet, die wenigstens vom Heldentod des Vaters an der Front hätten sprechen können.

Früh hat sich Marianne entschlossen, ihren leiblichen Vater zu suchen, erzählte Elisabeth, sehr früh. Wenige Wochen nach dem tragischen Tod ihrer Mutter sei sie nach Paris gefahren, doch die französischen Behörden hätten sie hochnäsig abgefertigt und schlimmer behandelt als die Einheimischen in Tirol, schwer enttäuscht sei Marianne nach Innsbruck zurückgekommen. Aber sie werde nicht aufgeben, habe sie zu Elisabeth gesagt, sie werde ihren Vater finden, und wenn sie zu Fuß bis Rabat gehen müsse. In die französische Buchhandlung, in der die beiden so oft gewesen seien, habe Marianne nicht mehr gewollt und nicht ins Institut français, aber das sei ja alles verschwunden und vergessen.

Ich zeigte Elisabeth den Zeitungsartikel, den ich im Archiv gefunden hatte, sie las ihn kopfschüttelnd, wich meinem Blick aus, auch einfach verschwunden, sagte sie mit belegter Stimme und schaute an mir vorbei übers Goldene Dachl hinweg zur Nordkette.

Keine Schüler mehr vorm Lycée, ich packe meine Sachen, mache mich auf den Weg und betrete den Boulevard Edgar Quinet. Dort habe ich oft einen Clochard angetroffen, Victor sein Name, König von der Friedhofsmauer, wie er sich selbst nannte, hatte er doch sein Zelt direkt im Schutz der Mauer aufgeschlagen. Morgens wusch er sich mit Wasser aus Plastikflaschen, die er am Friedhofsbrunnen aufgefüllt hatte, gab sich hernach geschäftig der Lektüre alter Zeitungen hin, begleitet von Musik aus einem kleinen Radio, an dessen Antenne er immer wieder Justierungen vornahm. Nachmittags döste er auf einer Bank, die er mit Kleidungsstücken behängt zu seinem erweiterten Territorium erklärt hatte, spätabends saß er vor dem Zelt an einem Campingtisch, mit Aussicht auf den Turm von Montparnasse. Jedes Mal, wenn ich an ihm vorbeikam, hörte ich ihn fragen: Bonjour Monsieur, comment allez-vous? Dann unterhielten wir uns ein wenig und er bat mich um einen Zigarette, bot mir im Gegenzug einen Schluck aus seiner Flasche an. Zuletzt habe ich ihn einige Wochen vor Anpfiff der Europameisterschaft 2016 gesehen. Nun sitze ich auf seiner Bank.

Ich ziehe das Telefon aus der Hosentasche, habe die Mailbox immer noch nicht abgerufen, im Posteingang eine E-Mail: Mein Lieber, ich habe dich vormittags angerufen und du weißt ja inzwischen, dass ich heute Abend nicht zur Verabredung kommen kann, um dir das Dokument zu übergeben, das mein ehemaliger Kollege am Institut ausgehoben hat. Wie ich dir bereits am Telefon sagte, bei dem marokkanischen Soldaten aus der 4. Gebirgsdivision handelt es sich zweifelsohne um Mariannes Vater. Ich kann dir die Akte erst morgen geben, wenn du sie heute schon haben möchtest, fahr bitte zu Sandrine, kündige ihr dein Kommen mit einem kurzen Anruf an, sonst öffnet sie dir womöglich nicht.

10.

Meine Kindheit auf dem Land war eine der offenen Türen, man spazierte beim Nachbarn ins Haus, und tat er das bei einem selbst, war man genauso wenig überrascht über seinen Besuch. Spezielle Klopfzeichen gab es nur bei Kinderspielen, und die gegenwärtige Abschottung vor dem Draußen hat ja auch etwas Infantiles, es lässt sich nicht wegsperren. Mittlerweile haben die Dörfer aufgerüstet, Sicherheitsschlösser, Videokameras und Türöffnungscodes, die Häuser werden zu Festungen.

Bei Samira war es nicht anders, in ihrer Wohnung ein stetes Kommen und Gehen. Einmal, ich erinnere mich, wir fielen gerade im Bett übereinander her, als Farah unvermittelt den Kettenvorhang zur Seite schob, und natürlich machte sie gleich kehrt, verlegen eine Entschuldigung murmelnd, Samira und ich lachten und setzten fort, womit wir begonnen hatten. Ein andermal war es Rachid, der unerwartet in der Tür auftauchte, Samira und ich in der Küche in ein Gespräch vertieft, in das er sich mit größter Selbstverständlichkeit einschaltete, um sich dann wieder zu verziehen.

Diese Bunkermentalität setzte erst später ein, und dass man mit Herkunftsgelaber wieder auf Wählerfang gehen kann ohnehin. Es interessierte mich nicht, ob Samira marokkanische Ahnen hatte, und selbst wenn sie nur eine flüchtige Bekanntschaft gewesen wäre, hätte das an meiner Einstellung nichts geändert. Just in der Zeit unserer Liebe verhalf der Pakt der Bürgerlichen mit den Rechten in Österreich dem Stammbaumgerede zu neuem Aufschwung, halb Europa wurde in der Folge davon erfasst, so scheint mir das heute.

Sprach Samira von ihrer Kindheit, wies sie stets stolz darauf hin, dass der Begriff Denim auf ihre Geburtsstadt zurückgehe, mehr war ihr zu dieser nicht zu entlocken. Mich hingegen faszinierte an Nîmes der unweit der Stadt errichtete Pont du Gard, ein beeindruckendes Bauwerk aus der Römerzeit. Ich hatte immer ein Faible für Geschichte und Samira damit nicht verschont, sie schien sich nicht daran zu stören, im Gegenteil, sie forderte mich auf, ihr mehr zu erzählen vom Tour Magne, von der Via Domitia, vom Amphitheater. Als ich ihr vorschlug, wir könnten doch übers Wochenende nach Nîmes fahren, schaute sie zu Boden, schüttelte den Kopf und sagte: irgendwann, vielleicht. Ich wusste damals nicht, was ich erst durch Farah erfahren sollte, und ging bereitwillig auf Samiras Wunsch ein, das Thema zu wechseln, zumal es sich um eines handelte, dem ich mich in jenen Jahren mit Leidenschaft widmete. Imitiere die Frösche, bat sie, die Frösche verscheuchen schlechte Gedanken, und ich fing an, von der Verwandlung der lykischen Bauern in Frösche zu erzählen, sie liebte es, wenn ich ihr Geschichten aus den *Metamorphosen* des Ovid vortrug und mitunter vorspielte, sie hielt sich den Bauch vor Lachen. War es nicht der Römer, musste Homer herhalten, die Episode, in der sich Odysseus einem einäugigen Riesen als Niemand vorstellt, habe ich ihr wohl dutzendmal erzählen müssen. Sie fand es genial, so ihre Worte, wie man sich als Niemand mithilfe einer List dem drohenden Schicksal entwinden konnte. Dieses Fabulieren, es war eine Konstante in unserer Liebe von Anfang an. Beinahe jeden Abend bat sie mich, ihr vor dem Einschlafen eine Geschichte zum Besten zu geben, wie ein Kind. Noch als es bereits drohte, mit uns zu Ende zu gehen, drängte sie sich im Bett an mich, dass einer, der so erzählen könne, sich derart ziere, einen Roman zu schreiben, also wirklich, Mann der Worte, sagte sie, küsste mich auf die Stirn, und wir schliefen Rücken an Rücken ein.

An der Station Raspail steige ich in die Métro hinab, kündige meinen Besuch an, wie es mir Stefan empfohlen hat, bin neugierig auf die Akte. Es sei gut, dass ich sie vorab über mein Auftauchen informiere, sagt Sandrine, nennt mir den Türöffnungscode, und Rachid fällt mir ein.

Auf das vereinbarte Klingelzeichen hin öffnete er fix die Tür, als ich ihn einen Tag nach unserem Gespräch besuchte. Im Eingangsbereich in die Wände geschlagene Nägel, die als Kleiderhaken dienten, am Boden Obstkisten vollgestopft mit Schuhen, über mir eine von der Decke baumelnde Glühbirne. Entweder hatte ich mich einst nicht daran gestört oder die Wohnung war mittlerweile zur Bruchbude verkommen. Auch war sie mir größer in Erinnerung, und die Vorstellung, dass wir hier zu acht und mehr manche Abende verbracht hatten, kam mir schlechthin absurd vor.

Rachid hieß mich Platz nehmen auf einem Sofa, aus dessen Armlehnen Schaumstoff quoll, er habe Farah gestern noch angerufen, sie wisse also, dass ich mich demnächst bei ihr melden werde, damit schien für ihn das Thema Samira abgeschlossen zu sein. Bereits tags zuvor hatte ich den Eindruck gehabt, dass er meinen Fragen nach Samira ausgewichen war, heute bin ich mir sicher, er wusste schon damals, was aus ihrem Leben geworden ist und wo sie sich aufhält.

Die beiden hatten ein eigenartiges Zueinander, oft stritten sie sich nach Herzenslust, wobei ich bei den Auseinandersetzungen selten viel mitbekam, außer Samiras unaufhörlichem quoi quoi quoi. Diskutierten sie, dann meist in Verlan, in der in den Vorstädten gewachsenen Sprache.

Er sei früher in sie verliebt gewesen, mutmaßte Samira einmal, doch nie hätte sie sich mit einem eifersüchtigen Typen wie Rachid eingelassen. Das entbehrte nicht einer gewissen Ironie, ich habe keine Frau kennengelernt, die eifersüchtiger ist als Samira, blickte ich einer anderen zufällig in die Augen, mag sein woandershin, brachte mir das Vorhaltungen ein, die ganze Abende ruinieren konnten. Was mir denn an der Schnepfe besser gefalle als an ihr, wahrscheinlich ihre weiße Haut, ich solle doch gleich bei der Schlampe einziehen!

Als ich das erste Mal an der Seite von Samira bei Rachid aufkreuzte, trat der mir äußerst reserviert entgegen, im Gegensatz zu anderen aus Samiras Clique. Allmählich aber öffnete er sich, ich zeigte mich interessiert an seiner Arbeit beim Radiosender, an seinem Studium der Elektrotechnik, dass eine Freundschaft zwischen uns entstand, wäre zu viel gesagt, doch wir respektierten uns.

Was ich ihm gestern erzählt hätte, lasse ihn nicht los, sagte Rachid, er habe das erste Mal seit Jahren wieder von seinem Großvater geträumt. Zwar sei der zu jung gewesen, um ins Heer eingezogen zu werden, zwei seiner älteren Brüder aber hätte es erwischt, den einen gleich auf Korsika, in Italien den anderen. Ich konnte mich lange Zeit nicht für diesen Teil der Geschichte erwärmen, fuhr Rachid fort, ich bin in Frankreich geboren, in der Schule hat man mir die europäische Sicht auf den Zweiten Weltkrieg beigebracht, Referate über den Holocaust, über die Invasion in der Normandie. Wie sollte ich das in Verbindung setzen mit dem Schicksal der beiden Brüder meines Großvaters? Erst als ich im Kino den Film *Indigènes* sah, habe ich begonnen, mir Gedanken zu machen.

Rachid schaute zu Boden, seine Braue zuckte, er kratzte sich am Kinn. Dann blickte er mich eindringlich an: Kannst du mir mehr über Mariannes Vater erzählen?

Leider nein, antwortete ich, aber wahrscheinlich hat er nichts von der Existenz seines Kindes gewusst. Marianne wächst bei ihrer Mutter auf, deren Mann zwei Jahre nach der Geburt der Tochter aus der Kriegsgefangenschaft zurückkehrt. Auf der Stelle will er die Scheidung, doch Mariannes Mutter weiß dies zu verhindern. Also lebt er seine Wut am Kind aus, streift den Ehering nur deshalb wieder über, um Marianne mit flacher Hand auf den Kopf zu schlagen. Nicht minder problematisch Mariannes Verhältnis zur Mutter, eine kränkliche Frau, die oft weint, sich wochenendlang im Bett verkriecht und ihr eigenes Los beklagt. Mariannes einzige Freundin hat das gleiche Schicksal wie sie, und dabei spielt es weniger eine Rolle, einen unbekannten Vater zu haben, als dass er seine Hautfarbe auf das Kind übertragen hat. Auf die beiden wird mit den Fingern gezeigt, sie werden verspottet, stehen abseits und müssen zusehen, wie gleichaltrige Kinder miteinander spielen. Betreten sie ein Geschäft, werden ihre Bewegungen mit Argusaugen verfolgt, manchmal kontrolliert man sie auch beim Verlassen des Ladens.

Nichts habe sich geändert, gar nichts, Rachid zündete sich eine Zigarette an, und wir unterhielten uns noch lange an diesem Nachmittag vor meiner Abreise. Ich erzählte von Mariannes Schullaufbahn, er sprach von seinen Erfahrungen, von völlig unqualifizierten Lehrern, von Abfallschulen, bei denen man sich nicht wundern müsse, dass sie abgefackelt würden. Wer brauchte schon Schulen, die zu nichts führten, die Herkunft ein Makel lebenslang!

Wir sprachen über Abdelkader, den Helden aus *Indigènes*, einen algerischen Berber, dessen größter Wunsch es ist, in den Offiziersrang aufzusteigen, ein für ihn unerreichbares Ziel. Unvergesslich die Szene, wie er in eine Kiste mit Tomaten steigt und diese zerstampft, weil Tomaten auf dem Kriegsschiff nur für weiße Franzosen vorgesehen sind.

Wir neigen dazu, lediglich die eigene Leidensgeschichte zu thematisieren, uns fehlt der Blick aufs Gesamte, dachte ich, während wir vom Hundertsten ins Tausendste kamen. Als wir uns verabschiedeten, fragte Rachid: Wie lange dauert dein Flug?

Gut zwei Stunden bis nach Wien, sagte ich.

So lange habe er in seiner Jugend ins Stadtzentrum von Paris gebraucht, zwei Stunden für fünfzehn Kilometer, ob ich mir das vorstellen könne, für fünfzehn Kilometer zwei Stunden. Ja, sie hätten schon einiges investiert da draußen, aber bestimmt nicht in die Verkehrsanbindung. Da müsse einen doch zwangsläufig das Gefühl beschleichen, die würden die Banlieusards gar nicht im Zentrum haben wollen, das Pack verschandle die Stadt und schade ihrem glänzenden Image, Rachid lachte bitter auf.

11.

Als ich bei Sandrine eintreffe, hat sie eine Fahne. Aus einem der Kinderzimmer Maschinengewehrsalven, Granateneinschläge, Sandrine klopft mit der Faust gegen die Tür, wenn ihr schon jeden Nachmittag Krieg spielen müsst, dann bitte ein bisschen leiser. Kurz verstummt das Trommelfeuer, setzt dann in gleicher Intensität wie vorhin wieder ein, ich folge Sandrine ins Wohnzimmer.

Sie trägt eine dunkelblaue Satinbluse zur enganliegenden schwarzen Lederhose, weiße Turnschuhe im Retrostyle. Ihre Haare hat sie hochgesteckt, dunklere Tönung als bei unserem letzten Treffen vor gut acht Monaten, ich war über Paris nach Marrakesch geflogen, um dort einen Veteranen aus der 4. Gebirgsdivision aufzusuchen.

Mich macht dieses Geballere krank, sagt sie, ich weiß nicht, was mit den beiden los ist, jeden Tag hängen sie an der Konsole, und da draußen fahren Irre herum wie in billigen Gangsterfilmen und knallen Menschen auf Restaurantterrassen ab.

Sie sind jung, Sandrine, und wir sind auch mit Gewehren durch den Wald geschlichen.

Stimmt, sagt sie, aber ihr seid eben geschlichen.

Sie sieht mich an und dann an mir vorbei, beißt sich auf die Lippe, ist sich unverkennbar des Unsinns bewusst, den sie soeben von sich gegeben hat.

Magst du einen Drink?

Ich verneine, ich wolle nicht lange stören und mir nur rasch die Dokumente abholen, die Stefan für mich –

Jetzt nimm doch erstmal Platz. Sie schenkt zwei Gläser ein, stellt sie auf den Couchtisch: Wie war die Anreise? Bist du über Wien gekommen?

Prompt steht mir der vergangene Abend vor Augen, der Tausendsassa von Dichter, dessen Name mir partout nicht einfallen will.

Du scheinst Wien nicht zu mögen, ich meine, du verziehst so das Gesicht.

Sie finde Wien wunderbar, nicht so dreckig und vor allem weit weniger gefährlich als Paris. Im Frühjahr sei sie mit Stefan dort gewesen, bei einem Dokumentarfilmfestival, er habe die Eröffnungsrede gehalten, an sich eine schöne Veranstaltung. Stefan habe sich natürlich wieder furchtbar echauffiert über einen Polit-Fuzzi, der ebenfalls zu Wort gekommen sei, ein Bobo-Linker, der von Erinnerungskultur geschwafelt habe. Nur Unsinn hätte der von sich gegeben. Danach noch in eine Bar, gute Atmosphäre, viele Künstler. *Amerikaner* heiße das Lokal, glaube sie, ob ich es kenne?

Engländer, sage ich und nicke.

Stefan hat mir von dem Festival erzählt, er sei drei Tage in Wien, mit Sandrine allein, die Buben würden bei Sandrines Mutter bleiben. Die hatte ich einmal getroffen und frischweg gewusst, wie Sandrine vom zierlichen Körper über die schön geschwungenen Lippen bis hin zur Stupsnase in dreißig Jahren aussehen würde. Ursprünglich war geplant, dass ich in Wien zu ihnen stoße, aber ich kam nicht weg von Innsbruck, musste an einer Institutssitzung teilnehmen.

Sie habe die Tage in Wien sehr genossen, sie seien im Museumsquartier gewesen, hätten das Architekturzentrum besucht, eine Ausstellung in der Albertina und unweit von dort zu Abend gegessen in einem schicken Lokal. Stefan habe viele Bekannte in Wien, angenehme, gebildete Menschen.

Die Rückkehr nach Paris ein Horror, mit dem Taxi von Roissy in die Stadt, es sei bereits dunkel gewesen, an der Porte de la Chapelle habe sie sich an Szenen aus *The Book of Eli* erinnert gefühlt: Kennst du den Film?

Es ist eine Marotte von ihr, Aussagen immer Fragen folgen zu lassen, ja, ich habe den Film gesehen, aber es gebe bessere mit Denzel Washington, sage ich, Sandrine ist in Gedanken woanders: Müll- und Kleiderberge, zwischen denen Gestalten herumwanken, unter einem Gewirr von Brücken und Betonpfeilern Zelte, Feuerstellen, rauchende Tonnen, Schlafsäcke und wieder Müll, nichts als Müll. Ein Skandal ist das, eine Schande für Frankreich. Wie nur hat es so weit kommen können?

Diese Frage hatte mir der König von der Friedhofsmauer auch einmal gestellt, wir haben es verschissen, antwortete ich, wir sind im Arsch, er darauf, Victor trat nahe an mich heran und drückte seine Stirn an die meine, als er sagte: Courage! Tagelang bekam ich seinen Geruch nicht aus der Nase, noch heute glaube ich, ihn manchmal riechen zu können, wenn ich über mein Leben nachdenke.

Sandrine klopft sich mit beiden Händen auf die Schenkel. Entschuldige kurz, sie steht auf und wenig später höre ich sie in der Küche hantieren. Unser Verhältnis hat sich merklich abgekühlt, seit dem Telefonat im November 2015. Zwar hat sie sich danach für ihre Wortwahl entschuldigt, aber es war vielleicht, wie Rachid bezüglich der Sanierung mancher Häuser in der Banlieue sagte: Die Kulisse ändert sich, die Einstellung in den Köpfen der Politiker nicht.

Wäre Sandrine nicht derart entgleist am Morgen nach den Attentaten, ich hätte Rachid nie aufgesucht. Auf meine Frage, ob er noch beim Radio arbeite, sagte er, den Sender gebe es nicht mehr, er repariere nun Radios in einem kleinen Laden, verdiene zusätzliches Geld bei einem Bekannten, der einen Stand besitze, am Flohmarkt hinter dem Périphérique.

Als ich mit Samira lebte, war ich einige Male auf diesem Markt, ich marschierte auf dem Boulevard Ornano Richtung Porte de Clignancourt oder fuhr mit der Métro die drei Stationen bis dorthin. Einmal begleitete sie mich sogar, obwohl Märkte dieser Art ihre Sache nicht waren, alten Kram habe sie genug in ihrer Wohnung stehen. Alles Ramsch, als ich ihr einen Thonet-Sessel zeigte, der zugegebenermaßen schon etwas klapprig war, ich kaufte ihn dennoch, musste ihn aber in die Wohnung tragen, den nimmst du nicht mit in die Métro, das ist peinlich, schimpfte sie. Was ist aus dem Stuhl geworden?

Nur noch einmal hat mich Sandrine auf Samira angesprochen, und die Situation eskalierte erneut, als ich sagte, dass ich eventuell nach Lunel fahren wolle, um mich dort mit einer Freundin von Samira zu treffen. Sandrines Gesicht gerann zur Fratze, ob ich jetzt total spinne, wer fahre denn freiwillig in die Hauptstadt des französischen Dschihad!

Stefan erklärte mir später, dass die Stadt in den Medien dummerweise tatsächlich so bezeichnet worden war, sechs junge Menschen aus Lunel seien 2014 in Syrien gestorben und weitere zwanzig Jugendliche aus der Stadt in den Dschihad gezogen, die Zahl sei reine Spekulation. Über derlei Annahmen lässt sich mit Sandrine nicht sachlich diskutieren, dabei teile ich manche ihre Ansichten durchaus, unter dem Begriff Islamophobie wird eine Opferidentität konstruiert, die sich aus gefühlten und erwiesenen Diskriminierungen speist, ist es bei Rachid etwa anders? Das mantraartige Abbeten der Islamfeindlichkeit als Rechtfertigung dafür, dass Ungläubige abgeschlachtet werden, bringt Sandrine immer wieder in Rage, mich ebenso.

12.

Anschwellender Gefechtslärm, ein Aufschrei: Schluss jetzt! Sandrine knallt die Kinderzimmertür hinter sich zu. Dann betritt sie das Wohnzimmer, in der Linken einen Teller mit Käse, Schinken, Oliven, in der Rechten eine Baguette: Du hast bestimmt Hunger, nicht?

Abermals geht sie hinaus, kehrt mit einer Flasche Weißwein zurück, hält sie mir samt Korkenzieher hin. Während ich die Flasche öffne, holt sie Gläser und einen Aschenbecher, ich ziehe meine Zigaretten aus der Hosentasche, ihr Blick fällt auf die Visitenkarte. Ich erzähle ihr von meiner seltsamen Begegnung im RER auf der Fahrt vom Flughafen in die Stadt, Sandrine lacht auf: Und er hat dir sogar seine Karte gegeben?

Ich halte ihr die Karte hin, und sie sagt verdutzt: Jean-Michel Rigaud?

Kennst du ihn etwa?, frage ich.

Klar, Rigaud ist Filmkritiker, sagt sie, Stefan trifft ihn ab und zu, er war auch mit uns beim Festival in Wien. Rigaud ist oft in Wien, seine Tochter lebt dort. Er hat irgendeine Verbindung nach Tirol, frag mich nicht welche, Stefan weiß da Bescheid. Wie weit bist du denn mit deinen Recherchen?

Ohne den Blick von der Visitenkarte zu nehmen, erzähle ich ihr von Mariannes Stiefvater, vom Selbstmord ihrer Mutter, die sich am fünfundzwanzigsten Jahrestag der Befreiung Österreichs mit einer alten Walther P38 in den Kopf schoss.

Sandrine füllt die Gläser, ich zünde mir eine Zigarette an, nehme die Karte an mich und stecke sie in die Hemdtasche, während Pascal, der ältere der beiden Söhne, ins Wohnzimmer tritt. Er grüßt mich mit lässiger Handbewegung, schnappt sich zwei Oliven vom Teller und schiebt sie sich in den Mund, schmatzend fragt er mich: Ça va? Ohne meine Antwort abzuwarten, verzieht er sich wieder, Sandrine hebt die Schultern, lächelt entschuldigend.

Sie hat sich umgebracht? Woher hatte sie denn die Waffe?

Keine Ahnung, aber 1970 war eine Wehrmachtspistole in manchem Innsbrucker Haushalt aufzutreiben, und wer weiß, wie viele SS-Dolche heute noch in Dachböden und Kellern verstauben.

Ach, hör doch auf, sagt Sandrine, nicht wieder dieser Nazikram. Muss das sein?

Wir greifen beide zum Glas, beginnen zu essen, und ich denke an einen von Elisabeths Briefen, in dem sie schreibt, dass ihr Onkel Michael sich noch viele Jahre nach dem Krieg mit seinen Kameraden getroffen habe, in einem stadtbekannten Lokal, und jede und jeder in Innsbruck habe gewusst, welcher Geist bei diesen Zusammenkünften über den Tischen aufgestiegen sei, gestört hätte sich daran niemand. Durch Elisabeth weiß ich auch, dass Mariannes Mutter und ihr Stiefvater 1944 geheiratet haben, eine jener typischen Kriegsehen, von denen so viele in die Brüche gegangen sind, eine ähnlich hohe Scheidungsrate wie 1948 gibt es erst wieder dreißig Jahre später.

Wie hat Mariannes Mutter denn diesen –

Sandrine fährt sich durchs Haar, leckt sich mit der Zunge über die Lippen. Dann beugt sie sich über den Tisch und tupft mit der Fingerspitze Baguette-Krümel von der Platte.

Du meinst, wie sie Mariannes leiblichen Vater kennengelernt hat, frage ich, Sandrine nickt und lehnt sich wieder zurück, verschränkt die Arme vor der Brust.

Mariannes Mutter ist bei Kriegsende völlig mittellos. Der elterliche Betrieb, in dem sie als Schneiderin gearbeitet hat, wurde bei einem Bombenangriff zerstört. Sie verdingt sich als Büglerin, macht die Wäsche für die Besatzungssoldaten, und so lernt sie vermutlich Mariannes Vater kennen. Und denk jetzt bloß nicht an Vergewaltigung, solche gab es, sogar Kindesmissbrauch, Überfälle auf Passanten und Diebstahlsdelikte ohnehin, es steht jedoch keineswegs fest, dass die Taten ausnahmslos von marokkanischen Soldaten verübt worden sind, im Gegenteil –

Sandrine beugt sich erneut über den Tisch, ihr behagt nicht, was ich sage, es kratzt an ihrem Bild vom disziplinlosen Nordafrikaner, ein Klischee, das sie in der Picardie immer wieder bemüht hat. Ob in französischen oder österreichischen Quellen aus der Besatzungszeit, stets stoße ich auf dieses Vorurteil. Ich erinnere mich an einen Zeitungsbericht: Im August 1945 waren in einem Tiroler Seitental einige Mädchen abgängig gewesen. Eines davon hatte man später tot aufgefunden. Der Kommandant der marokkanischen Soldaten habe die Bevölkerung noch gewarnt, war in der Zeitung zu lesen, tagsüber könne er für die Sicherheit der Mädchen garantieren, nach Einbruch der Dunkelheit sollten sie allerdings lieber zuhause bleiben. Der Offizier, selbstredend ein Weißer, ist verantwortungsvoll von vornherein, und dass er es mit dieser Dienstauffassung in einen höheren Rang schafft, hat einzig seine Hautfarbe zur Ursache, die bei ihm nicht einmal erwähnt werden muss. Bei Soldaten aus den Kolonien jedoch war das fortlaufend der Fall, wie mir bei meinen Recherchen auffiel. Ich sehe Rachid vor mir, wie er sich an die Brust schlägt und schreit, ich bin und bleibe Clichois, denke an Samiras Angst, bei einer Stellenausschreibung die Adresse anzugeben.

Ich weiß nicht, sagt Sandrine und holt mich aus meinen Gedanken. Mag schon sein, dass sich auch Franzosen an Verbrechen beteiligt haben.

Du denkst an weiße Franzosen, nicht?

Häme jetzt in ihrem Gesicht, sie öffnet ihr Zigarettenetui, bläst das Streichholz aus und lässt sich ins Sofa zurückfallen. Rauchkringel steigen auf vor ihrem Mund, sie schaut mich mitleidig an. Um das geht es doch nicht, sagt sie in merklich rauerem Tonfall, drückt die Zigarette unvermittelt im Aschenbecher aus, besieht ihre Fingernägel und fährt fort: Du reimst dir da eine Liebesgeschichte zusammen, von der du annimmst, dass sie unter normalen Umständen glücklich verlaufen wäre, und das alles tust du, um zurechtzukommen mit deiner eigenen Unfähigkeit, dich auf eine dauerhafte Beziehung einzulassen – doch ich habe gehört, es gibt da jetzt wen in deinem Leben?

Es ist an der Zeit, das Gespräch zu beenden, aber wie immer schaffe ich es nicht, einen Punkt zu setzen. Schon mit Samira ging es mir so, ich ließ mich hineinpressen in ein Gewirr von vermeintlichen Missverständnissen, aus denen ich mich nur retten konnte durch einen Rückzug ins Schweigen, das mir als Überempfindlichkeit ausgelegt wurde, als Starrköpfigkeit, nicht zuletzt als Arroganz. Als bräuchte ich dieses Gefühl, in die Enge getrieben zu werden, um mir meine Unzulänglichkeiten bewusst zu machen, diesen Hang zur Schwermut, der mir alles Miteinander zur Farce erklärt, zum Gedankenspiel mit Zufallsvariablen, dieses Hadern und Grübeln, aus dem Alkohol eine kurzfristige Flucht verspricht, Sandrine stöhnt auf, ich greife zum Glas.

Nun sei doch nicht gleich beleidigt, wenn ich mal ausspreche, was ich denke.

Was darauf antworten, mir fällt nichts ein, ich bin halt so, ich sage, was ich denke, ein Spruch, der mich zur Weißglut treibt. Vielleicht ist es Sandrines Versuch, eigene Schwächen zu übertünchen, ich kenne sie seit vielen Jahren, wirklich nah gekommen sind wir uns nie. Bei ihrer Hochzeit mit Stefan war ich nicht anwesend, ich lag damals mit einer Blinddarmentzündung im Spital, nicht die schönste Erfahrung, aber insgeheim war ich froh, nicht nach Paris fahren zu müssen. Einige Male sind die beiden nach Tirol gekommen, anfänglich noch alleine, dann mit den Buben, und immer gab sich Sandrine als Frau, der nichts gut genug war. Sie ist als Einzelkind aufgewachsen in einer Welt, in der alles für sie geregelt wurde. Mich akzeptierte sie als Freund ihres Mannes, doch sie ließ mich von Anfang an spüren, dass ich nicht den richtigen Stallgeruch mitbringe.

Welchen Beruf hat Marianne denn erlernt?

Erstaunt schaue ich sie an, ich will raus aus dieser Wohnung, will endlich die Akte haben und mich in meinem Hotelzimmer verkriechen. Zugleich bin ich froh, dass Sandrine mir die Tür öffnet, mich zurückholt ins Gespräch.

Zunächst wollte sie ins Gastgewerbe, träumte später von einem Sprachstudium und letztendlich ist sie Schneiderin geworden wie ihre Mutter. Die beiden haben gemeinsam gearbeitet, nach dem Tod ihrer Mutter blieb die Kundschaft mehr und mehr aus. Marianne war damals vierundzwanzig, hatte häufig wechselnde Beziehungen, zusammen mit ihrer Hautfarbe hat das einen Ruf ergeben, den du dir wohl denken kannst.

Sandrine steht auf, sie müsse rasch nach den Kindern sehen, höchste Zeit, die müssten morgen früh raus, und ich blicke ihr nach, wie sie das Wohnzimmer verlässt. Links vom Eingang eine Art-déco-Kommode, auf ihr ein fünfarmiger Kandelaber, rechts ein Konsolenspiegel mit feuervergoldeten Applikationen und schwarzer Marmorplatte. An der Längswand ein viertüriger Bücherschrank in dunklem Holz mit ausgreifendem Gesims und schweren Messingbeschlägen, die Mitteltüren verglast. Kunstbücher, Ausstellungskataloge, Mies van der Rohe, Le Corbusier, Bauhaus – Sandrines Leidenschaft, der sie beruflich nie nachgegangen ist, obwohl sie Architektur studiert hat.

Ihr Großvater, ein Baumeister, hatte die finsteren Jahre in Paris ausgeharrt, mucksmäuschenstill, wie Sandrine selbst einmal bemerkte. Da die Hauptstadt nahezu unversehrt geblieben war, hatte er keine Mühen gescheut, an Aufträge im zerstörten Le Havre und im nicht minder in Mitleidenschaft gezogenen Caen zu kommen, zuweilen auf dubiosen Wegen. Sein Sohn hatte das prosperierende Unternehmen dann in den *Trente Glorieuses* gewinnbringend verkauft und mit geschickten Investitionen im Immobilienbereich und an der Börse ein Vermögen angehäuft, das seinen Enkeln Pascal und dessen jüngerem Bruder Marcel jegliche Zukunftssorgen nahm, zumindest in finanzieller Hinsicht. Die beiden gehören wie zehn Prozent der Studierenden in meinen Vorlesungen zu einer Schicht, für die steigende Mietpreise keine Rolle spielen, weitere zehn Prozent können zumindest auf ein Erbe hoffen, das ihnen Chancen eröffnet, der Rest muss sehen, wo er bleibt.

Du sinnierst zu viel, und dabei kommt selten was Gutes raus.

Sandrine nimmt Platz, reicht mir eine Flügelmappe über den Tisch, ich öffne sie, es ist die Akte, von der Stefan gesprochen hat, aber ohne Lesebrille verschwimmen mir die Zeilen vor den Augen.

Was hat Marianne gemacht nach dem Tod ihrer Mutter? Wenn die Kundschaft ausgeblieben ist, musste sie sich ja wohl oder übel um eine andere Arbeit umsehen.

Sie hat als Verkäuferin in einer Markthalle gearbeitet, später als Kellnerin in einem Speiselokal, zudem ist sie putzen gegangen. Jeden Groschen hat sie gespart, um sich Reisen finanzieren zu können, sie wollte unbedingt ihren Vater kennenlernen, wollte wissen, ob sie noch Geschwister hat, in Frankreich, in Marokko.

Ich klappe die Mappe zu, greife zum Glas, das Sandrine erneut gefüllt hat, erwartungsvoll sieht sie mich an. Ich ahne, dass Stefan ihr erzählt hat vom Verdacht, Marianne könne etwas mit dem Tod ihres Stiefvaters zu tun haben, ein Gerücht, das damals in Innsbruck die Runde machte und sogar von den Medien aufgegriffen wurde.

Mariannes Stiefvater ist die Kellertreppe hinabgestürzt und hat sich dabei schwere Kopfverletzungen zugezogen, an denen er gestorben ist. Sofort wurde geredet, irgendwer habe bei seinem Tod nachgeholfen, Nachbarn gaben an, sie hätten wiederholt gehört, dass es in seiner Wohnung zu lauten Streitereien gekommen sei. Da Marianne nicht auffindbar war, geriet sie ins Visier der Fahnder. Bald aber stellte sich heraus, dass die Nachbarn Marianne zuletzt vier Wochen vor dem Tod des Stiefvaters gesehen hatten, auch Mariannes Kolleginnen bestätigten, sie sei seit einem Monat nicht mehr im Betrieb erschienen. Sie galt als spurlos verschwunden.

Vielleicht hat er sie umgebracht, und irgendwer hat die Tat an ihr gerächt?

Du bist betrunken, Sandrine.

Sie bläht entrüstet die Backen auf: Es könnte doch so gewesen sein, und das wäre mal eine Geschichte, das wäre wirklich mal eine Geschichte.

Sandrine wischt sich eine Strähne aus dem Gesicht und sieht mich mit offenem Spott an.

13.

Versteckt eure Kinder, die Marokkaner sind Menschenfresser, so sagte man in Italien. Wir waren einige Tage in Rom stationiert, nahmen dann Siena.

Auf dem Tisch Gläser, dampfender Minztee, ein Schälchen mit Nüssen. Zur Begrüßung hatte mir der Veteran Milch und Datteln serviert, das sei Sitte in Marokko, wenn man jemanden zum ersten Mal treffe.

Unsere Begegnung in Marrakesch tritt mir vor Augen, als ich nach meinem Aufbruch von Sandrine noch in der Métro beginne, die Akte von Mariannes Vater zu lesen. Ein Leben reduziert auf ein paar Zahlen, Ortsnamen, Einsatzbefehle, das Dokument wirft mehr Fragen auf, als es Antworten gibt.

Fest steht, Mariannes Vater gehört jenen Truppen der 4e Division Marocaine de Montagne an, die im September 1943 an der Befreiung Korsikas mitwirken. Er trifft dort auf Einheiten der Sturmbrigade „Reichsführer SS" und deutsche Panzer, wie mir ein französischer Kollege mitteilte, ein Spezialist auf dem Gebiet der Militärgeschichte, den ich vor einem Jahr um Hilfe bat und der mir den Kontakt zum Veteranen in Marrakesch knüpfte. Ich sehe ihn noch vor mir, im weißen Kaftan, er stellt das Glas auf den Tisch:

Wir haben Belfort, Besançon, Colmar befreit, bevor wir schließlich das Elsass erreichten. Hirondelles de la mort haben uns die Deutschen genannt, schon während des Ersten Weltkriegs, wir haben Kapuzenmäntel getragen, deren Schöße im Wind flatterten, wenn wir aus den Schützengräben stürmten, vielleicht ein Grund, dass sie uns als Todesschwalben bezeichneten. Die Überquerung des Rheins war eine Tragödie, viele Kameraden sind im Kugelhagel ums Leben gekommen. Dann weiter in den Schwarzwald, dort war der Widerstand besonders groß.

Panik sei ausgebrochen, hatte mir mein Großvater mütterlicherseits einmal erklärt, als verniggerte Sadisten habe Goebbels die Franzosen bezeichnet, und wenn ich ihn so hatte reden hören von Bestien, Teufeln, von den schwarzen Horden de Gaulles, bin ich mir sicher, dass auch er der Propaganda auf den Leim gegangen war.

Erst an der Porte d'Orléans merke ich, dass ich längst hätte aussteigen sollen, unter der Bahnsteigbeschilderung der Namenszusatz *Général Leclerc*. Weiterfahren bis Mairie de Montrouge und dann wieder zurück, wie ich es mit Samira oft getan habe, von Endstation zu Endstation? Ihr habe ich nichts erzählt von der Geschichte meiner Familie, dem Veteranen in Marrakesch hingegen schon. Auf meine Schwarzwälder Verwandtschaft kam ich zu sprechen, er folgte meinen Ausführungen teils mit Neugier, teils skeptisch, es sei in den ersten Wochen nach dem französischen Einmarsch zu Massenschändungen gekommen, sagte ich, in Freudenstadt, in Lahr und anderen Städten, die Frau des Gauleiters habe man in Karlsruhe verhaftet und später in Straßburg durch die Straßen getrieben, hernach in ein algerisches Bordell nach Paris verschleppt, wo sie nach mehrfacher Vergewaltigung den Freitod gewählt habe.

Beide hingen wir unseren Gedanken nach, der Veteran klatschte unerwartet in die Hände: Und dann waren wir auch schon in Vorarlberg. Wir haben einen Turban getragen, der machte die Österreicherinnen ziemlich verrückt, ich glaube, die haben uns für Prinzen aus einem Märchen gehalten, er lachte verschmitzt.

Nachdem wir uns verabschiedet hatten, schlenderte ich durch die Medina, ich solle mich am Minarett der Koutoubia-Moschee orientieren, hatte der Veteran empfohlen, sonst verirre man sich im Labyrinth aus engen Gassen leicht. Körbe mit Gewürzen, Kurkuma, Paprika, Kardamom, ich gab mich Farben und Gerüchen hin, ließ mich mit anderen Touristen treiben, von einer Gasse in die nächste, und in jeder empfing mich Samira mit einem Kopfschütteln.

Endstation. Ich fahre in entgegengesetzter Richtung wieder zurück.

Als ich im Hotel eintreffe, ist es bald zweiundzwanzig Uhr, an der Rezeption nun ein junger Mann, der mich auf Englisch nach meinem Namen fragt und mir dann einen Briefumschlag überreicht, den habe man für mich hinterlegt.

Unentschlossen halte ich das Kuvert in Händen, taste es ab, als erhoffte ich mir dadurch Aufschluss über seinen Inhalt, und sehe den Rezeptionisten an. Der zuckt die Achseln, verzieht sich wieder hinter seinen PC und gibt sich geschäftig, sein Gesicht schimmert blau.

Die schmale Wendeltreppe hinauf in mein Zimmer, das Fenster offen, schwere Regentropfen fallen, ich höre Stimmen, Gekreische, hastige Schritte auf der Straße. An die Zimmertür gelehnt drücke ich den Rücken durch und öffne das Kuvert.

Sehr geehrter Herr, leider habe ich Sie nicht wie erhofft in der mir von Herrn Trauschnigg genannten Unterkunft angetroffen. Sollten es Ihre Zeit und Ihre Pläne erlauben, würde ich mich freuen, wenn Sie mir während

Ihres Aufenthalts in Paris einen Besuch abstatten wollten. Jean-Michel Rigaud.

Stante pede rufe ich Stefan an, erreiche ihn nicht, also versuche ich es bei Sandrine, die mir mit schwerer Zunge erklärt, sie habe Stefan von meiner Begegnung mit Rigaud berichtet, wahrscheinlich habe er ihm das Hotel genannt. Sinnlos, sie zu fragen, ob sie wisse, was Rigaud von mir will, sie kichert und spricht von einer tollen Geschichte, die mich da umtreibe.

Niemand mehr zu sehen in der Rue Campagne-Première, der Regen prasselt auf den Asphalt, die Tropfen hüpfen in den Pfützen. Kindheitsbilder steigen in mir auf, die heftigen Sommergewitter, die ich so geliebt habe, der erdige Geruch, das Gerumpel der Steine in den Bächen und der Himmel eine Bühne mit Blitzen als Schauspielern. Über den Wäldern Dampfwolken, die Berge näher als die Menschen, die so wenig an mich herankamen wie ich an sie. Mühe gab ich mir eine Weile, lernte die Sprachebenen zu wechseln, Hochdeutsch zuhause, auf der Straße Dialekt, den man mir nicht abnahm mit Hinweis auf die Eltern.

Früh wurde mir das Redenmüssen zur Last, ich begann meine Stimme zu hassen, sie schien mir fremd, ob in Mundart oder Hochsprache, und noch heute schweige ich lieber, als dass ich das Wort ergreife. Als Kind musste ich das, schon samstags Magenschmerzen, die Sonntage ein Gräuel, das Abknien in der Kirche, das Fürbittenlesen, zu dem immer ich verdonnert wurde, da ich ja so schön Deutsch sprechen konnte, was redest du denn so geschwollen, dann nach dem Kirchgang. Und die drei stärksten Burschen nahmen mich in den Schwitzkasten, zerrten mich auf den Spielplatz und zogen mir die Hosen runter, Piefkezipferl, während ihre landsergrauen Großväter vor dem Kriegerdenkmal schwatzen über das nächste Treffen des Kameradschaftsbunds. Allemal nichts im Vergleich zu dem, was Marianne und Elisabeth durchmachen mussten, aber als Kind empfindet man nur die Herabsetzung, egal, woher sie rührt, und nichts Schlimmeres, als den Vater vorgeworfen zu bekommen.

Hauptsache, weg. Samiras wie Mariannes Devise. Und meine, damals nach der Matura?

Obwohl ich müde bin, fange ich an, einen der Briefe Elisabeths zu lesen, jenen, in dem sie von ihrem Vater erzählt: Er stammt aus der Gegend von Meknès, einer Stadt am Fuß des Mittleren Atlasgebirges im Norden Marokkos. 1925 geboren, somit drei Jahre jünger als Mariannes Vater, wird er im Alter von achtzehn Jahren rekrutiert und überschreitet Ende April 1945 mit seinen Kameraden die Vorarlberger Grenze. Nachdem seine Division aus Österreich abgezogen ist, wird er in Frankreich stationiert und kehrt 1948 nach Marokko zurück. Doch der nächste Kriegseinsatz lässt nicht lange auf sich warten, im April 1949 wird er nach Indochina eingeschifft, nach mehr als vier Wochen auf See geht er in Haiphong von Bord. Weiter Richtung chinesische Grenze nach Nordvietnam, dort verliert sich seine Spur.

Meine Mutter, schreibt Elisabeth, hat das Material zusammengesucht, sie hat diesen Mann gewiss sehr geliebt. Und vielleicht hat sie mich deshalb gleich zur Großmutter nach Innsbruck geschickt, sie wollte mich schonen, ihr wurde übel mitgespielt.

Bis Kriegsende habe ihre Mutter in einer Gastwirtschaft gearbeitet, die von den Franzosen beschlagnahmt worden sei, die Besitzer habe man nach Deutschland abgeschoben. Der Betrieb habe dann über ein Jahrzehnt als Flüchtlingsquartier für Vertriebene aus dem Sudetenland gedient.

Ich schrecke auf, ein Anruf von Stefan, es dauert eine Weile, bis ich begreife, dass er von Rigaud spricht und nicht von marokkanischen Soldaten, von Briefen und Akten, ich kann seinen Worten kaum folgen, verspreche ihm aber, mich mit Rigaud in Verbindung zu setzen, meine Zunge brennt vom Weißwein und von zu vielen Zigaretten.

Der Regen hat nachgelassen, vom Fenster aus sehe ich den nachts blau umrandeten Turm von Montparnasse. Er werde bei jährlich durchgeführten Umfragen stets als das hässlichste Gebäude Frankreichs bezeichnet, habe ich einmal gelesen, mir gefällt er dennoch. Gefiel er Samira, als wir damals oben standen und sie die Fremdenführerin gab? Hatte nicht ich die Route vorgeschlagen?

Heute bin ich mir sicher, dass Samira mit mir das erste Mal auf dem Turm war, insgeheim war sie die Touristin und sie genoss es, ein paar Stunden unbeschwert durch die Stadt zu bummeln.

Ich lege mich aufs Bett, greife zu einem weiteren Brief von Elisabeth.

14.

Ein lediges Kind kommt nicht in den Himmel, hast schon richtig gehört, und du bist doch ein lediges, nicht? Ich schaue sie an, nun nimmt sie meine Banknachbarin ins Visier, abschätzig verzieht die Lehrerin den Mund, Marianne schluckt, ich klammere mich an die Kastanie in meiner Rocktasche.

Nach der Schule laufe ich nachhause, ich beginne zu heulen, neben der Triumphpforte zwei Frauen, sie stecken die Köpfe zusammen. Immer stecken alle die Köpfe zusammen, wenn sie mich sehen, immer tuscheln alle, immer wissen alle Bescheid.

Rauf in den dritten Stock, ich schleudere den Ranzen in die Ecke, die Großmutter eilt aus der Küche, was ist denn passiert? Sie braucht lange, um mich zu beruhigen, ich sitze auf ihrem Schoß, sie zieht mich nah an sich, ich spüre, wie sie zittert vor Wut. Und bald schon macht sie sich auf den Weg in die Schule, knöpft sich die Lehrerin vor, ganz kleinlaut sei das impertinente Weibsbild gewesen, erzählt mir die Großmutter.

Geändert hat das nichts, nun nimmt sie mich erst recht ins Visier, die Lehrerin zitiert mich wiederholt an die Tafel, und wenn nicht mich, dann ist Marianne dran. Nicht alle Mitschülerinnen grinsen, etlichen sieht man an, dass sie Mitleid haben, und das ist noch schlimmer.

Viele Jahre später, und ich erinnere mich genau an den Tag, treffe ich die Lehrerin zufällig in der Straßenbahn, mir wird heiß, als ich sie erblicke. Zunächst dreht sie sich ab, dann aber kommt sie auf mich zu, sagt:

Also Strich drunter, für mich ist das von damals alles vergessen, gut?

Sie streckt mir die Hand entgegen, ich verschränke meine Arme vor der Brust, für mich ist nichts vergessen. Empört zieht sie die Brauen nach oben, atmet tief ein, ihr Gesicht wird spitz. Über unseren Köpfen baumeln die Halteschlaufen, die Tram biegt in die Maria-Theresien-Straße ein. Ich steige aus, obgleich ich erst an der nächsten Station rausmüsste, werfe der Lehrerin noch einen Blick zu, und da ist es wieder, dieses missfällige Gehabe.

Ein eisiger Nordwind schlägt mir entgegen, über Nacht hat es ein wenig geschneit, dabei sind die Temperaturen schon frühlingshaft gewesen, heute steht der Abfahrtslauf der Damen auf dem Programm. Vor den Geschäftsauslagen Menschentrauben, überall sind Fernseher aufgestellt, nicht so viel Trubel wie beim Wettkampf der Herren, da hatten manche Läden ein Schild in der Tür. Wegen Abfahrtsrennen geschlossen! Und selbstverständlich hat die Lehrerin frei, in keiner Schule Tirols wird während der Olympischen Spiele unterrichtet, die Zimmer werden benötigt für die Unterbringung von Personen, die in irgendeiner Funktion bei den Spielen mitarbeiten.

Seit einer Woche rennen die Menschen wie verrückt durch die Straßen, nur zwei Fragen haben sie: Wer führt? Wer hat gewonnen? Ich beteilige mich an der Fragerei, aber auf Englisch, dann sind die Einheimischen freundlich. Und ich juble mit, dabei langweilt mich Sport, ich beschäftige mich lieber mit Büchern.

Marianne kann darüber bloß lächeln, sie will nicht dazugehören. Ich muss mich beeilen, habe mich mit ihr verabredet, wir wollen hinaufspazieren zum Höttinger Bild. Wenigstens ist sie aus der Wohnung der Mutter ausgezogen und weg von diesem Stiefvater! Ich sehe Marianne noch vor mir, damals in der Schulzeit, sie reicht mir bis an die Nase. Ihre Kopfhaut ist wund, die Schrunden jucken, sie beginnt sich fest zu kratzen. Gleich habe ich das Gefühl, mich auch kratzen zu müssen, als wäre ihr damit geholfen. Und die Lehrerin spottet vor versammelter Klasse: Kinder, nehmt euch in Acht und haltet Abstand von den zweien, sonst habt ihr auch bald die Läus.

Am Höttinger Bild haben wir unsere Ruhe, die Innsbrucker haben jetzt keine Zeit für Wallfahrten, die beten fleißig, dass eine Österreicherin die Abfahrt gewinnt. Hinter dem Kirchlein ragt die Nordkette bedrohlich empor, wir schauen hinauf zu den verschneiten Zacken, die in den Himmel schneiden.

Ich erzähle Marianne von meiner Begegnung mit der Lehrerin, sie greift in den Schnee und formt einen Ball, den sie gegen das Kapellentor donnert. Mehr als die Lehrerin hasst sie nur ihren Stiefvater, ich hasse ihn auch. Oft haben wir uns überlegt, wie wir ihn loswerden könnten, und Onkel Michael gleich mit. Wir würden einen nach dem anderen unter irgendeinem Vorwand herauflocken zum Höttinger Bild und sie hier beseitigen. Wir wussten halt nicht, wie. Und ein gescheiter Vorwand ist uns auch nicht eingefallen. Es soll Stollen in dieser Gegend geben, aber bis auf ein Mundloch neben der Kapelle haben wir keine Schächte gefunden. Also haben wir den Plan bald aufgegeben, meine Güte, wir waren vierzehn Jahre alt.

Wir setzen uns auf eine Bank unterhalb des Kirchleins, Mariannes Stimme zittert ein wenig, als sie sagt:

Mein Stiefvater war ein Illegaler, behauptet meine Mutter, gestern ist sie damit herausgerückt, wir haben uns wieder einmal gestritten. Sie hat gesagt, Marianne, du willst gar nicht wissen, was er alles getan hat, und du musst es nicht wissen. Aber ich schwöre dir, ich habe uns vorm Verhungern bewahrt. Diese Ruinen, dieser Dreck, diese vielen Menschen, die bettelnd durch die Stadt gezogen sind, ich habe immer Angst gehabt, wenn ich mit dir auf die Straße gegangen bin. Ich hätte es ohne ihn nicht geschafft, ich war von ihm abhängig, wir beide waren das.

Ich greife nach Mariannes Hand, gleich wird sie weinen, ich sehe es in ihren Augen. Und obwohl ich weiß, dass es töricht ist, sage ich: Wir zeigen ihn an.

Marianne schüttelt den Kopf, das bringt doch nichts, sagt sie, in diesem Land gelten andere Gesetze. Und solche, wie wir es sind, haben hier rein gar nichts zu melden. Erinnerst du dich noch, als sie die Trikolore eingeholt haben am Landhausplatz, und die Lehrerin ist am nächsten Tag in die Klasse gekommen und hat gejubelt: Jetzt sind wir endlich frei von den Befreiern.

Mit Schnee reibt sich Marianne die Wangen ein, so wie ich es früher oft getan habe in der kindlichen Hoffnung, die Farbe ließe sich damit aus meinem Gesicht waschen. Sie schaut mich an, bemüht sich zu lächeln und fragt: Hast du die Kastanie noch?

Wir sind dann nie mehr hinaufspaziert zum Höttinger Bild. Marianne wollte ohnehin immer lieber in die Allee am Rennweg. Vielleicht fühlte sie sich dort ihrem Vater näher, sie muss von ihrer Mutter erfahren haben, dass die marokkanischen Soldaten am Rennweg ihre Paraden abgehalten haben. Und zur Klosterkaserne ist sie oft gegangen, wo marokkanische Truppen untergebracht waren, ich habe kürzlich Fotos gefunden, auf denen die Aufenthaltsräume der Soldaten zu sehen sind. Und mit glänzenden Augen hat sie von Feuerstellen berichtet, über denen Hammel auf Spießen gedreht wurden, Duft nach gegrilltem Fleisch, ausgelassene Tänze, Ramadan 1945 in den Innsbrucker Straßen, in der Altstadt vorm Goldenen Dachl. Sie muss das alles von ihrer Mutter haben, meine Großmutter hat diesbezüglich nichts erzählt und meine Mutter war damals noch in Vorarlberg.

Als die Franzosen 1945 nach Vorarlberg kommen, sind auf den Panzern fast nur marokkanische Soldaten zu sehen, erzählte meine Mutter. Sie sei zunächst schon auch sehr erschrocken, das müsse sie zugeben, allein das Aussehen dieser Männer, die dunkle Haut, und jeder einen Turban auf dem Kopf. Die Soldaten hätten ein paar Mal wild in die Luft geschossen, und meine Mutter habe sich schleunigst im Haus verschanzt. Aber sie habe rasch erkannt, dass die Truppen weitaus nicht so gefährlich seien, wie man vor Kriegsende in den Zeitungen behauptet hatte. Und sie sei neugierig gewesen, sie sagte:

Jahrelang kein Mann, und dann kommen diese Kerle daher, fesch haben sie ausgesehen in ihren Uniformen, wohlgenährt, ein Lachen im Gesicht, Sieger eben. Viele meiner Freundinnen und ich, wir haben uns gerissen um diese Männer, dieser Duft nach Lavendel, und wie sie sich bewegt haben beim Tanzen, wir sind dahingeschmolzen, wir haben doch nur den Trachtentanz gekannt.

Marokkanische wie französische Soldaten seien gleichermaßen begehrt gewesen, zumal ihr Beisein den Besuch einer Tanzveranstaltung ermöglicht habe, ohne ihre Begleitung sei man da nicht hineingekommen. Nicht alle hätten so gedacht wie sie, das nicht. Eine Bekannte von ihr habe hitzig über die Franzosen geschimpft, schlimmer als die Deutschen seien sie, hätten sogar auf ein Haus geschossen, von dem eine Rotkreuzfahne wehte. Eine Frau aus einer gehörigen Familie lasse sich nicht mit solchen Typen ein!

Meine Mutter ist von Wolfurt zunächst nach Feldkirch gegangen, hatte ursprünglich vor, nach Innsbruck zurückzukehren, doch dann ist alles anders gekommen und sie ist nach Bregenz übersiedelt, weil sie dort in einem Büro Arbeit gefunden hat. Jeden Tag sind Marokkaner vor dem Fenster aufgetaucht, haben hereingewinkt, wie Kinder sind sie gewesen, erzählte meine Mutter, ja, wie Kinder, das hat sie oft wiederholt. So viele Mädchen und Frauen sind damals Hand in Hand mit einem Marokkaner an der Seepromenade entlangspaziert. Und natürlich waren wir nicht gut angeschrieben, aber das war uns egal, sagte sie, wir waren verliebt.

Beim ersten Rendezvous hat mir dein Vater eine Orange mitgebracht, das vergesse ich nie. Dabei hätt er mir nichts schenken müssen, weder Seife noch Zigaretten, und an Seidenstrümpfe wär er eh nie gekommen, damit sind nur Offiziere auf Mädchenfang gegangen. Oder ein paar Schweizer, die über die Grenze anmarschiert sind mit vollen Taschen und geglaubt haben, sie könnten sich auch rasch eine ins Bett holen. Wir haben uns mit Händen und Füßen verständigt, dein Vater und ich, selbst wenn ich perfekt Französisch gekonnt hätte, wäre das wenig hilfreich gewesen. Er hat wie die meisten seiner Kameraden kaum Französisch beherrscht, sie haben sich untereinander auf Arabisch unterhalten. Sie haben ihren weißen Kameraden nichts gegolten, rein gar nichts, sie sind schikaniert worden und waren für die niedrigsten Dienste grad gut genug. Während die Herrn Offiziere oben in der Stube von Porzellangeschirr gegessen haben, sind sie unten in der Waschküche gehockt und haben den Reis aus Blechtöpfen gekratzt. Ich erinnere mich, wie eine Bregenzerin zu mir sagt, die Marokkaner sind halt eher Naturmenschen, letztendlich Primitive, die können nicht lesen, nicht schreiben, die schlafen in keinem Bett, weil sie nicht mal wissen, was ein Bett ist. Und ich habe sie angeschnauzt, wie primitiv muss man sein, um so etwas zu behaupten, da hat sie mich gehässig angelächelt, als Marokkanerhur beschimpft und ist abgezischt.

Meine Mutter hat mich in einer Klosterschule zur Welt gebracht, die während des Kriegs als Lazarett verwendet wurde. Die französischen Besatzer hatten dort die Möglichkeit geschaffen, dass Frauen ohne großes Aufsehen entbinden konnten. Sie erzählte mir, sie habe von den Franzosen noch das Nötigste erhalten, was man für einen Säugling brauche. Einige Mütter hätten ihr Kind nicht behalten wollen, diese Babys seien zur Betreuung in die Kinderstation der französischen Administration gekommen und später zur Adoption nach Frankreich. Sie habe immer Angst gehabt, dass man mich ihr wegnimmt; denn aus Deutschland seien oft Meldungen eingelangt, alle von französischen Vätern gezeugten Kinder würden nach Frankreich verbracht.

Sie wollte mich schonen, ja, aber als Kind habe ich nicht verstanden, warum sie mich weggegeben hat zur Großmutter. Sie hat mir zahlreiche Briefe geschrieben, die ich vor Onkel Michael versteckt habe. Sie wusste, dass er mich schlecht behandelt, hat ihn wiederholt zur Rede gestellt, wurde von ihm ausgelacht, sie solle ihren Marokkanerbalg doch selbst großziehen.

Ich weiß, dass sie unter der Trennung noch mehr gelitten hat als unter der Stimmung in Vorarlberg, eine furchtbare Stimmung, auch das hat sie oft wiederholt: Nazis raus, haben die Leute gerufen, und damit alle Reichsdeutschen gemeint, die wurden regelrecht verjagt. Südtiroler Optanten raus, alle raus, die hier nichts zu suchen haben und nicht unsere Sprache sprechen.

Wenn sie von dieser Zeit erzählte, wurde ihre Stimme scharf. Ich höre noch, wie sie sagt:

Haben sich nach sieben Jahren deutscher Reichssuppe einfach den Mund abgewischt und wieder zur heimischen Kost gegriffen, wurden vom Hakenkreuz befreit und haben sich bekreuzigt, ein lediges Kind ist eine Schande vor Gott, und der Pfarrer hat den Segen gespendet. Viele Abtreibungen hat es gegeben, darüber wurde geschwiegen, lieber ein Mariengebet gemurmelt, ist ein Mädchen gestorben, konntest du unter ihrem Namen in der Todesanzeige lesen – Jungfrau.

Nach dem Tod meiner Großmutter ist sie nach Innsbruck zurückgekehrt und wir haben zusammengewohnt, bis ich meinen Mann kennengelernt habe. Einmal habe ich ihr von meiner Lehrerin erzählt, und sie ist wutentbrannt zum Landesschulrat gestürmt. Erst spät habe ich erkannt, wie sehr sie nach ihrer Mutter kam, beide trafen Entscheidungen, hielten an ihnen fest und verteidigten sie mit allen Mitteln.

Die Lehrerin, noch heute habe ich eine Wut auf sie, und ich erinnere mich, als wir damals vom Höttinger Bild in die Stadt zurückgekommen sind, wo sich die Menschen in den Armen lagen, berauscht vom totalen rot-weiß-roten Triumph, da hat Marianne bei der Verabschiedung gesagt: Wenn die blöde Kuh mal tot ist, spuck ich auf ihr Grab.

15.

Der Frühstücksraum im Keller, ich sitze dort zwar allein, werde aber beständig in Gedanken aufgescheucht von einer Frühstückskellnerin, die, mich völlig ignorierend, zwischen den Tischen hin und her schlurft und regelmäßig Tassen, Teller und Besteck auf den Sets zurechtrückt. Nun macht sie sich leidenschaftlich am Buffet zu schaffen, jede ihrer Handlungen kräftig beseufzend, schwarze Crocs, brauner Arbeitskittel, mit Verve wirft sie sich ein Geschirrtuch über die Schulter. Unter ihrer weißen Hygienehaube verfinstert sich ihr Blick, schon wieder hat sie etwas entdeckt, was es zu korrigieren gilt, die Thermoskannen mit Kaffee, die Saftkaraffen, und zack, nun ist alles am richtigen Platz.

Ich komme mir vor wie in einem Tollhaus mit zwei Insassen, aufgeputscht die eine, der andere sediert, untermalt wird die Szenerie von einem Bericht über Doping im Radsport, dem eine Vorschau auf die heutige Etappe der Tour de France folgt, ein neues Laufstegwunder erzählt alsdann von ihrer formidablen Eiweißdiät, zuletzt lächelt mir Macron vom Flatscreen entgegen. Ich bitte die Kellnerin, doch zumindest den TV-Apparat auszuschalten, und so wie sie mich ansieht, hat sie tatsächlich erst jetzt von mir Notiz genommen. Das Kinn auf die Brust gepresst blickt sie mich aus Froschaugen an, greift sich mit Schwung die Fernbedienung und knipst den Präsidenten von der Bildfläche.

Gleich nach dem Frühstück hinauf in mein Zimmer, ich schaue mir einige Fotos an, Aufnahmen aus der Klosterkaserne. Die Aufenthaltsräume der marokkanischen Soldaten in maurischem Stil umgebaut, Zwillingsfenster mit Hufeisenbögen, durch eines hindurch sieht man den Turm der Jesuitenkirche. Ornamente und Inschriften, auf eine der Wände gemalt ein Berber auf einem Kamel sitzend mit geschultertem Gewehr in einer Wüstenlandschaft, links davon ein Kachelofen, auf ihm das Gipsmodell einer Moschee mit auffälligem Minarett, das mich an jenes erinnert, an dem ich mich orientieren sollte in Marrakesch.

Als der Putztrupp mit seinen Staubsaugern anrückt, stecke ich Elisabeths Briefe samt meinen Aufzeichnungen in eine Plastiktasche von Franprix und trete vor das Hotel hinaus. Kleine Pfützen noch auf der Straße, es hat etwas abgekühlt, aber dem Portier zufolge würde es wieder heiß werden heute, er hatte sich mit dem Ärmel über die schimmernde Glatze gewischt und die Zunge herausgestreckt. Aus dem Frühstückskeller lautes Klappern, der Kahlkopf hatte die Augen verdreht und sich grinsend mit dem Zeigefinger an die Stirn getippt.

Neben dem Hoteleingang eine Tafel mit Hinweis, wer hier schon nächtigte, Rilke, Man Ray, Kiki de Montparnasse, und kurz steigt mir der Geruch früherer Jahre in die Nase, als säße ich in Samiras Küche, startbereit zu einer neuen Erkundungstour auf den Spuren der Großen. Bisweilen begleitete sie mich auf meinen Spaziergängen, nur auf Friedhöfe wollte sie nicht. Einmal bekniete ich sie förmlich, sie möge doch mit mir kommen zum Grab von

Baudelaire, aber sie blieb stur. Als wir uns später wieder trafen, fragte sie: Hast du dich gut amüsiert? Prächtig, antwortete ich, der Vorteil an Gesprächen mit Toten ist, dass sie nie in Missverständnissen enden.

Für einen Besuch bei Rigaud ist es noch zu früh und mit Stefan habe ich mich erst für den Abend vor dem Palais de Tokyo verabredet. Wie wohl Rigaud Stefans Familienname ausspricht? Schon als Kind war Stefan dafür veralbert worden, Trauschnigg, Trauschnigg, traust di nit. Und tatsächlich ist Stefan immer einer gewesen, der gleich Reißaus genommen hat, es sei denn, er sah, wie man mir zu Leibe rückte. Dann griff er sich einen Stock und stürmte mit wildem Geheule auf meine Peiniger zu, die hatten lediglich gelacht und uns beide verdroschen.

Aber anders als ich fühlte sich Stefan nie bemüßigt, den Tiroler Dialekt anzunehmen, seine Eltern aus Kärnten Zugezogene, und innerhalb Österreichs darf man seiner Identität sprachlich freien Lauf lassen. Ein Wiener redet in Graz, wie ihm der Schnabel gewachsen ist, bemüht sich aber in Hamburg, hochdeutsch zu sprechen, was immer nur lächerlich klingt.

Noch heute bricht in Stefan das Kärntnerische durch, wenn ihn emotional etwas anrührt, etwa der Lebensweg seiner Großmutter. Die verließ Ende der 1930er-Jahre das Kärntner Lavanttal und folgte ihrer großen Liebe ins Jerichower Land, die beiden heirateten, bekamen drei Kinder, eine Tochter, Stefans Mutter, und zwei Söhne. Aus Angst vor den näher rückenden Rotarmisten floh seine Großmutter zurück nach Kärnten, wo man ihr, der nun als Nazibraut titulierten, und ihren Kindern, die im Alter zwischen einem und vier Jahren waren, mit Vorbehalten und bisweilen offenem Hass begegnete.

Stefan hat seinen Großvater so wenig kennengelernt wie seine Mutter ihren Vater. Der heiratete nach dem

Krieg ein zweites Mal, gründete eine Familie. Und es sollte Jahre dauern, ehe Stefans Mutter und seine Onkel zögerlich Kontakt aufnahmen mit den Halbgeschwistern, der gemeinsame Vater war da bereits verstorben.

Ich habe meinen Vater nie gesucht, die Angst, ihn zu finden, ist zu groß gewesen, schreibt Elisabeth in einem ihrer Briefe. Als sie sehr spät, sie sei um die fünfzig gewesen, von ihrer Mutter erfuhr, der Vater sei womöglich auf der Flucht vor den Vietminh im Dschungel verschollen, sei sie beinahe erleichtert gewesen. Mit den Jahren hätten sie zwar Schuldgefühle geplagt, sich so überhaupt nie etwas um sein Leben geschert zu haben, nicht zuletzt aber sei sein offenes Ende der beste Schluss: Er ist verschwunden und doch noch da.

Das kommt mir in den Sinn, als ich am Grab von Carlos Fuentes stehe, immer wieder zieht es mich dorthin, auf dem Grabstein fehlt das Todesdatum des 2012 verstorbenen Schriftstellers. Ich nehme Platz auf einer der Bänke auf dem Friedhof, der sich allmählich mit Touristen füllt. Selbst hier machen sie Selfies, im Hintergrund das Grab von Susan Sontag, besser noch das von Sartre und der Beauvoir. Im Nu müssen die Bilder dann verschickt werden. Bis an die Zähne bewaffnet mit Tablets und Smartphones und doch chancenlos im Kampf gegen die Vereinzelung.

Ich schieße über das Grab von Fuentes hinweg ein Foto, kehre dabei in Gedanken zurück in den Juli 2015, als ich mit Elisabeth auf der Terrasse des Innsbrucker Kaffeehauses saß und sie an mir vorbei zur Nordkette schaute. Unvermittelt fragte sie: Sind Sie verheiratet, haben Sie Kinder?

Ich verneinte. Zu viele meiner Beziehungen vor und nach Samira waren in die Brüche gegangen, ich verlor rasch das Vertrauen in etwas, wenn es zu formelhaft wurde und sich die Gier nach Leben in gemeinsamen Urlauben und Sonntagsausflügen austobte. Und Kinder waren für mich nie ein Thema, schon als Jugendlicher fasste ich den Entschluss, kein Kind in die Welt zu setzen. Dein Sohn will keine Verantwortung übernehmen, hatte meine Mutter einmal zu meinem Vater gesagt, er hatte sie lange schweigend angesehen, sie dann umarmt und war in den Garten hinaus, um den Rasen zu mähen. Was hätte sie wohl gesagt, wenn ich mit Samira ein Kind gezeugt hätte? Meinen Nachzügler-Brüdern sei Dank, sie haben die Familiennorm erfüllt und meinen Eltern die ersehnten Enkelkinder beschert.

Ich habe zwei Söhne, sagte Elisabeth, einer lebt in Freiburg, der andere in Berlin, tolle Burschen, die kommen ganz nach meinem Mann.

Sie vermisse ihn sehr, er habe sie gut behandelt, nach all den Enttäuschungen, die ihr vorher widerfahren seien, er habe immer zu ihr gestanden. Oft sei es ihr wie Marianne ergangen: Ein exotisches Objekt männlicher Begierde, doch der Rausch rasch verflogen, und aus der orientalischen Schönheit sei wieder eine marokkanische Schlampe geworden. Nicht alle Männer seien so gewesen, bestimmt nicht, aber letzten Endes reiche ein einziger, der so etwas sage, davon erhole man sich nie.

Ich war erstaunt über ihre Offenheit, zwar hatten wir zuvor mehrere Male telefoniert, ich hatte ihr mein Anliegen geschildert, und gewiss hatte sie sich erkundigt über mich, aber sie redete, als hätte sie nur darauf gewartet, es irgendwann tun zu können. Und ich erinnerte mich an einen, den sie 1938 aus Wien vertrieben hatten, siebzig Jahre später schrieb ich ihn an mit der Bitte um ein Treffen, bei dem er mir vielleicht ein wenig über seine Lebensgeschichte erzählen könnte, meine knappe Anfrage hatte er mit einem mehrseitigen detailreichen Brief beantwortet. Bei nachfolgenden Korrespondenzen gab er sich zugeknöpft und gestand mir später bei unserer Begegnung in London, er sei nach seinem ersten Schreiben selbst erschrocken gewesen über seine Mitteilsamkeit.

Vielleicht wollte er an mir das gutmachen, was er seinem Vater nicht verzeihen konnte, sagte Elisabeth. Mein Mann hat von meiner Geschichte gewusst und mir von seiner Familie erzählt, von seinem Panzerfahrervater, der Frankreich überrollte, ein strammer Kerl, gottgläubig, noch beim Rückzug hat er wild um sich geschossen. Das Tausendjährige Reich der Schande, hat mein Mann immer gesagt und sich nach dem Krieg durch Bücher, Zeitungen, Zeitschriften geackert, hat begreifen wollen, was nicht zu verstehen ist.

Während sie sprach, kam mir mein Großvater aus Hannover in den Sinn, ein Speerianer, der jedes Buch des Gentleman-Nazis verschlungen hatte und noch an den Schilderungen Albert Speers festhielt, als diese sich längst als Lügentheater entpuppt hatten.

Mein Mann, sagte Elisabeth, dieser sturköpfige Bayer, hat sich nie ein Blatt vor den Mund genommen, er war ja auch ein Kraftlackel, dem ist so schnell keiner gekommen. Und was hat sie ihn gewurmt, diese Wirtschaftswunderseligkeit, genau, so hat er es genannt. Heil Wirtschaftswunder, heil Wiederaufbau! Er hat sich da immer furchtbar hineingesteigert, konnte richtig gemein werden, mir ist das oft peinlich gewesen. Wenn Bekannte von ihren Reisen nach Italien oder Griechenland geschwärmt haben, hat er ihnen wieder Geschichtsunterricht erteilt. Wie wär's mit Paris, hat er sie gefragt und eine Stadtrundfahrt vorgeschlagen: Euer erstes Ziel sollte die Oper sein, dann La Madeleine, Place de la Concorde, weiter zum Triumphbogen, Eiffelturm und Invalidendom. Notre-Dame könnt ihr vergessen, durch den Marais, Vogesenplatz, macht getrost einen Umweg über die Rue de Rivoli, genießt noch einen Blick auf die Oper und fertig. Das ist in zwei Stunden zu schaffen.

Die Place des Vosges war einer der Lieblingsplätze von Samira, wiederholt wollte sie dorthin. In den Arkaden gab es einige Lokale, die aufzusuchen wir das Geld nicht hatten, aber manchmal kehrten wir dort ein, bestellten zwei Gläser Bier, die wir mit mitgebrachtem aus der Dose nachfüllten, bis uns ein Kellner einmal dabei erwischte. Was Samira nicht daran hinderte, am nächsten Tag erneut dort aufkreuzen zu wollen, das machten wir dann allerdings nicht. Notre-Dame fand sie einschüchternd, protzig die Oper, und über die Rue de Rivoli sind wir oft flaniert, weiter durch die Rue Saint-Antoine bis zur Bastille. Damals wusste ich noch nicht, wen Elisabeths Mann vor Augen hatte, als er Bekannten eine Stadtrundfahrt vorschlug: Auf der Esplanade du Trocadéro steht er, neben ihm sein Architekt, dem er mitteilt, wie Paris hat Berlin auszusehen, zwei Stunden dauert Hitlers Paris-Visite.

Ich verlasse den Friedhof Montparnasse, die Temperatur ist angestiegen, ein Hitzetag steht bevor. Heiß wie jener Nachmittag in der Innsbrucker Maria-Theresien-Straße. Gestenreich hat Elisabeth ihren Worten Nachdruck verliehen, immer wieder ihren Mann imitiert und sich in Pose geworfen, doch plötzlich ist sie schweigsam geworden, hat begonnen, an einem Taschentuch zu zupfen, es in Händen zu kneten. Und mir wurde klar, es gibt nicht die eine Biographie, was wir dafür halten, ist ein Ausschnitt, auch Authentizität sucht die Bühne. Doch was in Darstellern vorgeht, ist der Vorhang erst gefallen, können wir nicht wissen. Abrupt ist Elisabeth aufgestanden und hat sich verabschiedet, sie werde sich bei mir melden. Eine Woche später ihr erster Brief.

Ein exotisches Objekt männlicher Begierde – war mir Samira das?

Eines der Fotos, das ich von ihr besitze, zeigt sie vor dem Reiterstandbild eines Bourbonen auf der Place des Vosges. Breitbeinig steht sie da, die Arme etwas über Schulterhöhe weit von sich gestreckt, den Kopf leicht im Nacken, so lacht sie in die Kamera. Ein weiteres, aufgenommen in ihrer Wohnung, Samira stützt sich mit dem Ellbogen auf dem Küchentisch ab, legt ihr Kinn in die Hand, zieht die linke Braue nach oben. Was sie mir damit sagen will, weiß ich nicht, etwas anderes hingegen schon. Im Gegensatz zu Rachid hatte Samira keinerlei akademische Ambitionen, und was sie wollte, konnte ich nicht einlösen.

Oft fuhren wir von der Brasserie, in der ich auf sie wartete, nach Châtelet, saßen auf den Stufen vor dem Forum des Halles, deckten uns zuvor an einem Kiosk mit Bierdosen ein. Hatte sie mehr als drei Biere intus, wurde sie zum Kind, sprach und benahm sich wie ein solches, steckte mir und sich eine Alulasche um den Finger. Ich fand das absolut dämlich, aber war nicht ich derjenige, der ihr einmal gesagt hatte: Wenn heiraten, dann als Punk auf Kuba, im Hintergrund eine Mauer mit der Aufschrift *Venceremos*?

Vorbei an einem Blumenladen und im Schatten der Häuser die Avenue du Maine entlang, in der Ferne die goldene Kuppel des Invalidendoms. Vor Napoleons Sarkophag soll Hitler seine Mütze abgenommen haben, in vorgebeugter Haltung minutenlang ausharrend. Jeder Mensch ist ein Schauspieler.

16.

Eine bemerkenswerte Wortwahl, finden Sie nicht? In stolzer Trauer nehme das Land Tirol Abschied, hatte der Landeshauptmann gesagt, aber haben Sie gewusst, dass Tiroler Schützen Spalier gestanden sind vor dem Sarg von General Béthouart im Innenhof des Invalidendoms?

Rigaud sieht mich an wie einen Prüfling und als solcher könnte ich antworten, doch ich nicke bloß, denke an meine Besuche bei Rachid, an die Wohnung Samiras, was für ein Kontrast.

Dunkle Parkettböden, schon im Eingangsbereich und im Flur, durch den Rigaud mich geführt hat vorbei an Filmplakaten, Fotografien, hinein ins Wohnzimmer, das von einer stattlichen Bibliothek dominiert wird. Der Tisch, an dem wir sitzen, mit schöner Einlegearbeit, das gleiche Rautenmuster auch auf der Kommode neben dem Sekretär, hinter mir monotones Ticken, eine Standuhr. Er hat mich herzlich empfangen, sich bedankt für meinen Besuch und sich entschuldigt, dass er mich nicht gestern im RER eingeladen habe, aber ich hätte ihm den Eindruck erweckt, ein wenig abwesend zu sein. Zudem habe er nicht mit der Tür ins Haus fallen wollen, so sage man auf gut Österreichisch, mit der Tür ins Haus fallen, nicht?

Er sei oft in Österreich und eben zufällig in Innsbruck gewesen, als ich meinen Vortrag über Béthouart und Napoleon gehalten und von den Bemühungen des Generals gesprochen hatte, die Tiroler Bevölkerung auf die Seite der Franzosen zu ziehen. Ici pays ami? So ein Quatsch!

Parfümierte Russen seien die Franzosen von den Österreichern geheißen worden, und diese Bezeichnung sei noch die harmloseste gewesen. Von Abhörprotokollen habe sein Vater gesprochen: Das Verbrechen gegen Österreich gehe weiter – mit dem einzigen Unterschied, dass es nun nicht mehr von den Nazis, sondern von den Negern begangen werde. Die Zurückhaltung der Österreicher, mit den Franzosen zusammenzuarbeiten, habe an Böswilligkeit gegrenzt. Insbesondere in Innsbruck hat sich eine unterschwellige Feindschaft gezeigt, so Rigaud, wurden in einem Kino französische Nachrichten gesendet, hat fast die Hälfte des Publikums den Saal demonstrativ verlassen. Pardon, Sie wissen das alles, Sie sind vom Fach. Aber seitdem ich Ihren Vortrag in Innsbruck gehört habe, lassen mich die Gedanken an meine Kindheit nicht los, an die Geschichte meines Vaters, und ich habe den dringlichen Wunsch verspürt, Sie kennenzulernen.

Rigauds Vater, ein Offizier, wie ich erfahre, war zunächst in Wien stationiert, in der Breitenseer Kaserne, und bisweilen zugegen im repräsentativen Zentrum der Franzosen, im *Hotel Kummer* in der Mariahilfer Straße. Später kam er nach Tirol und wurde in den Stab Pierre Voizards, des Chefs der Militärregierung in der Zone, übernommen. Kontakt zu Einheimischen hatte er kaum, die Offiziersfamilien lebten unter sich, er machte in den Jahren seines Aufenthalts keinerlei Anstalten, sich die deutsche Sprache anzueignen. Doch in Österreich, das seien die schönsten Jahre seines Lebens gewesen, habe er oft gesagt.

Nie wäre ich damals auf die Idee gekommen, Samira zu zeigen, wo ich aufgewachsen bin, fällt mir ein, während Rigaud sich den Schwärmereien seines Vaters hingibt, von verschneiten Gipfeln spricht, von Wanderungen in die entlegensten Täler. Er ist zwei Jahre alt, als er mit seiner hochschwangeren Mutter im Februar 1946 in Tirol eintrifft, sein Vater habe ihm später erklärt, dass die Ankunft französischer Familien bei den Einheimischen allgemeine Entrüstung hervorgerufen habe. Der damalige Bürgermeister von Innsbruck habe auf die Gefahren der Überbevölkerung hingewiesen und voll Schadenfreude hervorgehoben, dass Epidemien auch vor Neuankömmlingen nicht Halt machen würden.

Wissen Sie, mein Vater hat mir erzählt, dass sein Chef Voizard, ein besonnener, pragmatisch handelnder Mann, große Sorge hatte, es könne sich in Tirol wiederholen, was er aus seiner Heimat kannte: die Herausbildung einer Résistance.

Sichtlich bemüht, meinem Gesicht eine Reaktion abzulesen, lehnt sich Rigaud im Sessel zurück – was will er von mir?

Na ja, Ihnen ist bekannt, dass Voizard hauptsächlich die Seinen in die Pflicht nahm, über deren Arroganz er sich so maßlos ärgerte wie über das Gerede von einem österreichischen Widerstand gegen die Nazis, strenggenommen habe es nichts gegeben, was diesen Namen verdient hätte, nicht? Ein Witz kursierte in der Zone, hat mein Vater erzählt: Was ist der Unterschied zwischen Österreich und einem Telefon?

Ein Telefon ist entweder frei oder besetzt, sage ich, Österreich ist beides.

Rigaud lächelt bestätigend.

Hat Ihnen Ihr Vater vom Schicksal jener Frauen berichtet, die eine Beziehung zu französischen Soldaten eingegangen sind?

Er verzieht die Mundwinkel, schüttelt entschieden den Kopf: Darüber war mit ihm nicht zu reden.

Ich blicke zur Bibliothek, deutschsprachige Bücher darunter, Rilke, Hesse, Heinrich und Thomas Mann. Er habe Germanistik studiert, hat Rigaud gleich eingangs erwähnt auf meine Frage, warum er die deutsche Sprache so perfekt beherrsche. Seit gut einer Stunde befinde ich mich in seiner ebenerdigen Wohnung mit Blick auf einen kleinen Innenhof, den eine Platane beschattet. Es ist stickig, die Fenster sind geschlossen, der kleine Ventilator auf dem Fensterbrett nicht in Betrieb, aber alles wirkt aufgeräumt, als wäre kurz vor meinem Eintreffen noch ein Putztrupp zugange gewesen. Nichts jedoch deutet auf die Anwesenheit eines weiteren Bewohners hin, in der Garderobe war mir ein grüner Ölmantel aufgefallen, der ihm bis an die Knöchel reichen muss, ein schwarzer Ledermantel in gleicher Länge, einige Sakkos. Über den Kleiderhaken ein Brett als Ablage für zahlreiche Hüte und Schirmmützen. Akkurat aufgereiht mehrere Paar Schuhe, ausschließlich Schnürer, und ich werde den Anschein nicht los, dass ich einem Mann gegenübersitze, der beim Verlassen der Wohnung in eine andere Rolle schlüpft, so wie er die Räumlichkeiten gegenwärtig als Bühne nützt, um mir ein Schauspiel zum Besten zu geben.

Nun steht er auf, tritt an die Regale, fährt mit der Fingerspitze die Bücher entlang: Ich muss gestehen, ich habe mich ein wenig schlaugemacht über Sie, sagt er und zieht zwei schmale Bücher heraus, die ich sofort als meine Lyrikbände erkenne, er habe sie antiquarisch erworben.

(Hat Samira sie noch? Ich hatte sie ihr geschenkt, mit Widmung, irgendein Spruch, ich kann mich nicht mehr an den Wortlaut erinnern.)

Sie haben in Paris gelebt, das habe ich aus dem Netz, auch ein Foto von Ihnen habe ich gefunden, sagt er, Sie haben ziemlich verwegen ausgesehen, na, wie man sich einen Bohemien eben vorstellt, die lange Mähne, der fragende Blick.

Er liebe die deutsche Dichtung, vorzugsweise die Romanciers, ob ich mich nie für dieses Genre interessiert hätte? Er schiebt die Bücher zurück ins Regal, mit meinen Gedichten habe er sich schwer getan, sie seien ihm zu hermetisch, die eine oder andere Perle aber habe er gefunden, Chapeau!

Ob ich seine Toilette benutzen dürfe, frage ich, er weist mir den Weg, ich setze mich auf den geschlossenen Klodeckel. Als er auf meine Pariser Jahre kam, war ich mir sicher, er würde gleich Samira erwähnen, ein völlig abwegiger Gedanke, warum sollte er das tun? Er hört sich gerne reden, will seine Geschichte loswerden, das ist alles. Und es muss an der Art liegen, wie er spricht, so charmant wie pomadig und jedes seiner Worte mit Gesten begleitend, dass mir Samira vor Augen steht. Für sie waren Typen wie Rigaud der Inbegriff französischer Betulichkeit, dieses bürgerliche Gehabe, in dem sie nichts anderes als Überheblichkeit erkennen wollte, machte sie stets rasend. Zugleich hätte sie gerne mit ihm die Wohnung getauscht, im 14. Arrondissement sei alles weitläufiger, schwärmte sie, wenn wir diesen Bezirk aufsuchten. Kurz vor unserer Trennung sind wir noch einmal in Montparnasse gewesen, an der Station Vavin stiegen wir aus der Métro, rasch die schmale Treppe hinauf, vor uns *Le Dôme*, in unserem Rücken *La Rotonde*, und vermutlich palaverte ich von Schriftstellern und Künstlern, die einst diese Lokale aufgesucht hatten. Ich ziehe die Spülung, wasche mir die Hände, betrachte mich im Spiegel: Der Mähne trauere ich nicht nach.

Als ich zu Rigaud zurückkehre, lehnt der am Regal, das Kinn an der Brust aufgestützt und über die Brille hinwegschauend blättert er in den Memoiren Béthouarts. Er lacht auf, schüttelt den Kopf und klappt das Buch zu.

Er war ein gewiefter Taktiker, sage ich.

Absolut, sagt Rigaud, und was seine religiöse Überzeugung anging, musste der General sich in Tirol nicht verbiegen, er war erzkatholisch und konservativ. Wie meine Mutter stammte er aus dem Jura, wie sie hatte er gesehen, was die Wehrmacht dort angerichtet hatte, und dabei auch immer auf die österreichische Beteiligung hingewiesen.

Haben Sie alle drei Bände der Memoiren gelesen?

Wieder und wieder, sagt er, die Bücher stammen aus dem Besitz meines Vaters, nach seinem Tod habe ich sie an mich genommen, meine Schwestern hatten kein Interesse daran, sie haben meinen Vater gehasst. Als wir seine Wohnung räumten, fand ich einen Karton, dort hatte er mehrere Bündel mit Fotografien aufbewahrt, alte Stadtpläne und Eintrittskarten zu diversen Veranstaltungen, Ausstellungseröffnungen, Konzerte, Lesungen.

Rigaud wischt mit der Hand über den Buchumschlag: Ein Satz von Béthouart, den mein Vater oft zitiert hat, ist mir nachhaltig in Erinnerung: Wir haben nicht wie die Amerikaner übermäßig Lebensmittel mitzubringen, aber wir haben die Aureole unserer kulturellen, künstlerischen und intellektuellen Möglichkeiten.

Auf der Kommode ein schwerer Aschenbecher aus rotem Muranoglas, das Ticken der Standuhr ist enervierend. Rigaud hebt die buschigen Brauen, das Wort Aureole hat er übermäßig betont, er lehnt sich wieder mit dem Rücken ans Bücherregal, sein blauweißgestreiftes Hemd spannt überm Bauch. Wahrscheinlich hatte sein Vater wie so viele andere den Glauben an jenes Frankreich verloren, das der General in seinen Reden heraufbeschwor, was sich im kleinen Österreich als Großmacht darstellen wollte, war keine mehr. Er glaubte so wenig daran wie viele Jahre später Samira und Rachid an ein grandioses Frankreich und dessen Ideen, die Einzige, die dies tat, war vielleicht Marianne, zumindest in ihrer Jugend.

Béthouart ging es ums Prestige, mein Vater gierte nach Leben, so scheint mir das heute. Entschuldigen Sie, dass ich Sie mit all dem behellige, doch ich –

Rigaud sieht mich suchend an wie gestern im RER, fährt sich mit der Zunge über die Lippen, lächelt bemüht:

Ich war sechs Jahre alt, meine Schwestern vier und drei, als wir nach Frankreich zurückkehrten, und ich erinnere mich an die üble Laune meines Vaters in den ersten Monaten in Paris, aber vielleicht sind es die Erinnerungen meiner Mutter, die ich hier wiedergebe. Die Rückkehr war für uns alle eine Belastung, mein Vater konnte oder wollte sich nicht mehr zurechtfinden, er hatte kaum noch Freunde, fühlte sich isoliert. Zudem waren die Lebensbedingungen viel schlechter als in Österreich, Paris war nicht jene strahlende Metropole, als die sie sich heute präsentiert, die Atmosphäre so düster wie die Häuser grau und schwarz. Er verstummte von Tag zu Tag mehr, litt an der Respektlosigkeit, wenige seiner Zeitgenossen hatten von der französischen Präsenz in Österreich Kenntnis genommen, und wenn, sie in Frage gestellt.

Rigaud steckt das Buch zurück ins Regal. Mein Vortrag über Béthouart kommt mir in den Sinn, mein Widerwille, ihn zu halten, seit ich das Foto von Marianne entdeckte, drei Jahre der Recherche, Reisen nach Paris, Wien und Marrakesch, und plötzlich liegt mir ein Satz von Stendhal auf der Zunge: Ich kann die Wirklichkeit des Geschehenen nicht darstellen, ich kann nur seinen Schatten zeigen.

Rigaud räuspert sich: Nehmen wir ein Glas?

Gerne, sage ich, er verlässt das Zimmer, und ich bin froh, mit diesem Moment alleine zu sein, mit diesem Augenblick, in dem ich der Undurchführbarkeit meines

Unterfangens gewahr werde. Hier in der Wohnung von Rigaud, dessen Vater für die gleiche Sache gekämpft hatte wie die Väter von Marianne und Elisabeth, wird mir begreiflich, was der Veteran in Marrakesch meinte, als er sagte:

Unserem Nachkriegssommertraum folgte kein gemeinsames Frühlingserwachen. Auch er habe sich damals in eine Österreicherin verliebt, viel würde er dafür geben, sie ein einziges Mal wiederzusehen, ihre Stimme zu hören. Das Gewicht des Schweigens beschwere ihm nach wie vor die Tage, nicht mehr so stark wie früher, er habe gelernt zu akzeptieren, dass manche Geschichte ohne Ende bleiben müsse, aber eine Skizze sei besser als gar keine Vorstellung von einem Bild.

17.

Meine Lyrikbände, ich bin versucht, sie mir aus dem Regal zu schnappen, ein wenig in ihnen zu blättern, was ich seit Jahren nicht getan habe. Nein, Samira hat sie bestimmt nicht mehr, sie lagen neben dem Reißverschlussschrank auf einem Plastikhocker, der ihr als Nachttisch diente, sie lagen selbst dann noch dort, als sie Gedichte mit Pickelgesichtern gleichsetzte. Bevor ich Rachid aufsuchte, war ich zur Wohnung, in der Samira und ich uns geliebt hatten, fand an der Tür ein anderes Namensschild. Was hatte ich erwartet?

Zurück mit zwei Gläsern und einer Flasche Quincy, Rigaud macht sich umständlich und ächzend am Korken zu schaffen, plötzlich wirkt er alt. Wie mag er als Kind ausgesehen haben? Hat er an der Hand seiner Mutter die Innsbrucker Altstadt verlassen, vorbei an der Hofburg Richtung Kastanienallee? Sitzt er auf den Schultern seines Vaters, als es hinaufgeht zum Höttinger Bild, während seine Schwestern lernen, die ersten Worte zu formen, wie Marianne und Elisabeth? Vielleicht wären auch deren Väter gerne länger in Österreich geblieben.

Während Rigaud die Gläser füllt, mir zuprostet und einen kräftigen Schluck Wein nimmt, denke ich an meine

Begegnung in Marrakesch. Viele hätten sich freiwillig zur Armee gemeldet, Abenteuerlust habe sie angetrieben, vorrangig aber das Ziel, der Armut zu entfliehen. Die französischen Werbeoffiziere, die mit Megaphonen ihre Aufrufe von einem Dorf ins nächste trugen, brauchten keine große Überzeugungsarbeit zu leisten, hatte der Veteran gesagt, die Begeisterung für Frankreich groß, schon bei Ausbruch des Krieges. Wir wollten akzeptiert werden, endlich gleichwertige Franzosen sein, hatte er hinzugefügt.

Die Deutschen haben wir plattgemacht, reißt mich Rigaud aus den Gedanken, ich greife zum Glas, der Wein ist angenehm kühl, ein Sauvignon Blanc aus dem Val de Loire, wie das Etikett auf der Flasche verrät.

Plattgemacht haben wir sie, das hat mein Vater oft gesagt, die Deutschen lagen am Boden. In Österreich habe er sich nicht als Eroberer aufspielen wollen, er hat sich als Befreier empfunden, die meisten Einheimischen hätten in ihm aber stets den Besatzer gesehen.

Rigaud erhebt sich, alles Schauspielerische ist von ihm abgefallen, er tritt ans Fenster und schaut in den Innenhof hinaus, die Platane wirft einen langen Schatten an die gegenüberliegende Hausmauer.

In dem Karton, den ich nach dem Tod meines Vaters an mich nahm, befand sich auch ein Zeitungsartikel, drei Jahre nach Kriegsende erschienen, in der Schweiz. Von einer rekordverdächtigen Geburtenrate in der französischen Besatzungszone ist da die Rede, im Register von Innsbruck seien ganze Serien von Yvonnes, Suzannes, Jeans, Marcels, ja, sogar Mohammeds zu finden.

Mit beiden Händen stützt Rigaud sich aufs Fensterbrett, als würde er mit einem Mal frieren, fährt ein Zittern durch ihn, Niemandskinder, sagt er leise, schüttelt den Kopf und atmet tief durch. Ruckartig wendet er sich wieder mir zu:

Marianne heißt die Frau, die Sie suchen, nicht? Ihr Freund Doktor Trauschnigg hat mir erzählt, was Sie umtreibt. Mein Vater hat wenig über die Marokkaner gesprochen, und wenn er einmal was sagte, war das meist falsch. Keinesfalls wurden sie aus Österreich abgezogen, weil ihr Aufenthalt dort für Unmut sorgte. Ja, einmal erwähnte er ein Abhörprotokoll – Diese Marokkaner, was für eine Rasse! Jeden anderen hätte ich hundertmal lieber als dieses Pack! –, Blanchissement jedoch lautete das Gebot der Stunde, Sie wissen, was ich meine, dunkelhäutige Soldaten sollten sukzessive durch weiße ersetzt werden, das kam von oberster Stelle, denn die Entscheidungen wurden hier getroffen, in Paris, am Quai d'Orsay.

(Am Quai d'Orsay vorbei bin ich damals mit Samira zur österreichischen Botschaft gezogen, wo gegen Haider demonstriert wurde. Und wie sie mitsang und skandierte, während ich dem Spektakel wortlos beiwohnte!)

Nein, er mochte sie nicht, die Marokkaner, zumindest am Anfang nicht, höre ich Rigaud sagen. Erst als ihn Paris abwarf, und anders kann man es nicht nennen, ja, erst als ihn Paris abwarf wie ein Gaul, fing er an, ihre Empörung zu verstehen. Paris ist keineswegs die Stadt der Liebe, es ist die Stadt der Selbstverliebten, eine kalte Stadt. Davon könnte Ihnen meine Mutter ein Lied singen, mein Vater auch. Und Sie? Warum sind Sie fort aus Paris?

Der Liebe wegen, sage ich.

Rigaud nickt, das sei wahrlich der beste Grund. Er habe sich in seinen Dreißigern in eine Lyoneserin verliebt, sei ihretwegen nach Lyon gezogen, habe dort sieben Jahre gelebt, bis die Beziehung in die Brüche gegangen sei.

Abermals schaut er in den Innenhof hinaus, er atmet schwer, und ich frage mich plötzlich, warum mich Stefan nicht früher auf diesen Mann aufmerksam gemacht hat. Zwar gehen mir die Belehrungen Rigauds auf die Nerven, aber ihn in eine Vorlesung einzuladen, um vor Studierenden zu sprechen, wäre ein Gewinn.

Der Liebe wegen, das kann ich verstehen, doch warum haben Sie es mit der Poesie bleiben lassen?

Eine Frage, die mir, als ich anfing zu studieren, einige Male gestellt wurde, und auf die ich stets kurz angebunden erwiderte: Ich habe nach einer Veränderung gesucht.

Rigaud sieht mich skeptisch an, was ihn mir plötzlich sympathisch macht.

Und Sie haben diesen Schritt nie bereut, weg von der Dichtung, hin zur Wissenschaft?

In seinem Rücken durchquert eine Frau den Innenhof, er wendet sich ihr zu, winkt und ist schon unterwegs zur Wohnungstür, als mich ein schriller Klingelton zusammenzucken lässt. Seine Stimme hat eine andere Färbung, wenn er auf Französisch spricht, mehrmals sagt er, ça marche, dann kehrt er ins Wohnzimmer zurück, redet von Wartungsarbeiten, die kommende Woche anstehen würden, er nimmt mir gegenüber Platz:

Wissen Sie, auch mir war oft nach Veränderung in meinem Leben. Bevor ich mich der Filmkritik zugewendet habe, war ich einige Jahre als Reisejournalist tätig, ich verfasste Reportagen, sprach mit Menschen, ehemaligen Kolonialsoldaten, die mir meine Ansicht bestätigten. Man wollte sie aus dem Blick der Öffentlichkeit tilgen, auf dass nur ja niemand auf die Idee käme, sie hätten einen Beitrag geleistet an der Befreiung Europas.

Ich denke an die Akte von Mariannes Vater, sie gibt wenig Auskunft, was mit ihm nach seinem Abzug aus Tirol geschah, er wurde verladen, heißt es, mit dem Zug nach Südfrankreich und von dort übers Mittelmeer nach Marokko. Ob er zu weiteren Kampfhandlungen einberufen wurde, lässt sich nicht beantworten. Vielleicht wurde er ausgemustert, so ist es dem Veteranen in Marrakesch ergangen, kein Anspruch auf Pension, noch drei Monate Sold und das war's, hatte er gesagt. Viele seiner einstigen Kameraden seien in ihre Dörfer heimgekehrt, hätten sich dort eine neue Existenz aufgebaut, andere hätten in Frankreich ihr Glück versucht, einige seien in Indochina zu den Vietminh übergelaufen.

Bedienen Sie sich, bitte, Rigaud deutet auf die Flasche.

Mein Vater hätte auch in Österreich keine Zukunft gehabt, dessen bin ich mir sicher, er wäre überall ein Zukunftsloser geblieben, ja, er führte das Leben eines Zukunftslosen. Meine Mutter hat es schließlich nicht mehr ausgehalten mit ihm und die Scheidung eingereicht. Sie hat ihn stets verdächtigt, eine Affäre gehabt zu haben, noch vor unserer Ankunft in Innsbruck, in seiner Wiener Zeit, verstehen Sie?

Beinahe schelmisch blinzelt er mir zu, so wie er es gestern im RER einmal getan hat, dann wird sein Blick bohrend, ich weiche ihm aus.

Ja, meine Schwestern haben ihn gehasst, sie sind mit meiner Mutter ins Jura. Ich bin mit meinem Vater in Paris geblieben, mit diesem gebrochenen Mann, der stundenlang schweigend aus dem Fenster starrte, abends in sein Lieblingsbistro ging und sich dort volllaufen ließ. Der Wirt der Kaschemme stammte aus Mali, er war der Einzige, mit dem sich mein Vater noch unterhielt.

Während er spricht, reibt er sich wiederholt den Unterarm, kein Ring an seiner Hand, aber auf dem Sekretär eine gerahmte Fotografie, die ihn in jungen Jahren zeigt. An seiner Seite eine Frau, im Vordergrund ein dunkelhaariges Mädchen – seine Tochter, die in Wien lebt?

Mein Vater und ich wohnten damals in Montmartre, und ich kann Ihnen sagen, ich wurde Zeuge, wie das Viertel zunehmend sein Gesicht verändert hat.

In welcher Straße, unterbreche ich ihn.

Rigaud kneift die Augen etwas zusammen: In der Rue Labat, warum fragen Sie?

Ich hatte vor Jahren einige Bekannte dort, in der Gegend um den Boulevard Barbès.

Ja, der Boulevard Barbès öffnete mir die Augen, vielmehr taten es die neuen Nachbarn, das französische Kolonialreich war zerfallen, nun kamen sie zu Tausenden in die Städte, und ich fing an meinen Vater zu verstehen. Wie so viele litt er an den Folgen einer Vergangenheit, deren Schatten sich über sein Leben legten. Er wurde nach Österreich beordert und wieder abgezogen, wie eine Figur in einem Spiel.

Mit der Fingerspitze fährt Rigaud die Intarsien auf der Tischplatte nach, von Raute zu Raute, Zug um Zug: Von Kollateralschäden spricht man heute, Bauernopfer trifft es auch. Eines Nachts kehrte mein Vater nicht aus der Kneipe zurück, man fand ihn am nächsten Morgen, die Beine von sich gestreckt, mit dem Rücken an eine Kaimauer gelehnt auf der Île Saint-Louis, wo er meiner Mutter einst den Heiratsantrag gemacht hatte. Er war eingeschlafen und nicht mehr aufgewacht, in seinem grünen Ölmantel steckte ein Zeitungsartikel, der von der Eröffnung der Winterspiele 1964 berichtete, und die Fotografie einer Frau, in ihrem Hintergrund der zerbombte Stephansdom.

Rigaud nimmt die Brille ab, legt sie vor sich auf den Tisch und verschränkt die Arme vor der Brust: Wollen Sie noch ein Glas?

Mein Blick gleitet das Bücherregal entlang, es ist alphabetisch geordnet, Sartre, Solschenizyn, Stendhal. Ich muss los, sage ich, Rigaud versucht nicht, mich zum Verweilen zu überreden, er begleitet mich zur Tür, wir verabschieden uns, er reise bald wieder nach Österreich, sagt er, nach Wien.

Durch den Innenhof, ich drehe mich noch einmal um, Rigaud am Fenster, er hebt leicht die Hand, zieht dann die Vorhänge zu. Ich zünde mir eine an, inhaliere tief, kurz schwindelt mich. Die Concierge kommt mir entgegen, sieht mich missmutig an, ich solle mit meiner Zigarette bloß abhauen hier, flucht sie, ich trete hinaus auf die Straße und wechsle flink auf die Seite, die im Schatten liegt.

Als Rigaud mich zur Tür brachte, entdeckte ich an den Flurwänden mehrere Fotografien seines Vaters, die Ähnlichkeit nicht zu übersehen. Auf einem der Bilder erkannte ich ihn vor einer Villa in Innsbruck, an der ich oft vorbeispaziere, sie beherbergte einst das französische Kulturinstitut. Nichts erinnert an diese Einrichtung, auch sonst sind die Verweise auf eine Dekade rar, in der auf einen marokkanischen Sommer Jahre des Wiederaufbaus folgten, keine triumphale Geste, kein Prunkgehabe. Ein schmaler Steg, der über den Inn führt, benannt nach General Béthouart, allerdings erst lange nach seinem Tod. Ich war bei der Eröffnung des Stegs dabei, viel Prominenz vor Ort, vom Brückenbauer Béthouart war die Rede und von seinen Meriten für das Land, die außer Frage stehen.

Zu Beginn meiner Lehrtätigkeit gestaltete ich mit Erstsemestrigen noch regelmäßig Spaziergänge, vom Béthouart-Steg zum ehemaligen Kulturinstitut und weiter zum Voizard-Hof, fernab der innerstädtischen Flaniermeilen, nimmt man von ihm kaum Notiz, es sei denn, man wohnt in der Straße, in der sich der Gebäudekomplex befindet. Unsere Streifzüge endeten stets vor dem Landhaus beim Befreiungsdenkmal, von vielen Einheimischen nach wie vor als Franzosendenkmal bezeichnet, was auch Elisabeth in ihren Briefen erwähnt.

Vorhin bei Rigaud kurz der Gedanke, einen Kontakt zwischen ihm und Elisabeth herzustellen, vielleicht würden sie zu einem Ganzen führen können, was in meinem

Kopf eine Geschichte der Anfänge bleiben muss. Aber ist Rigaud an einem weiteren Austausch interessiert? Seine Ankündigung, bald wieder nach Österreich zu reisen, klingt nicht nach Wiedersehensfreude mit mir.

Mein Unbehagen, das ich zu Beginn meines Besuchs bei ihm empfand, kehrt nun zurück. Er habe mich schon am Flughafen in Wien entdeckt und sofort wiedererkannt, im Flieger sei er wenige Reihen hinter mir gesessen und habe gesehen, wie ich der Stewardess immer auf die Beine gestarrt hätte, wenn sie an mir vorbeiging, als er zur Toilette musste, sei ich in einen Artikel über die *Opération Sentinelle* vertieft gewesen. Am Charles de Gaulle haben Sie nicht wie viele Touristen versucht, Ihr RER-Ticket mit der Karte zu begleichen, was oft ewig dauert und selten funktioniert, nein, Sie haben mit Münzen bezahlt, wie ich es immer tue.

Er hat mich beobachtet, mir nachgestellt, ich wechsle die Franprix-Tasche von einer Hand in die andere, er hat bei Stefan Erkundigungen über mich eingeholt.

Und was machte ich bei Rachid und Farah?

Elisabeth hat sich mit Mariannes Verschwinden abgefunden wie mit der Tatsache, dass ihr Vater im Dschungel verschollen ist, verschwunden und doch noch da, ihr Mantra. Sandrines Idee, Marianne sei von ihrem Stiefvater umgebracht und die Tat an ihr von einem anderen gerächt worden, würde sie als Humbug abtun. In einem ihrer Briefe legt sie mir nahe, die Suche aufzugeben, nicht auf direktem Weg, aber anders ist es nicht zu verstehen, wenn sie schreibt: Als Kind war es Mariannes größter Wunsch, unsichtbar zu sein, nun ist sie es, so soll es bleiben.

18.

Laut polizeilicher Auskunft werden Vermisstenanzeigen nicht skartiert, somit ist Mariannes Akte erhalten geblieben. Abgängigkeit per se ist jedoch keine Straftat, und da sich rasch klärte, dass Marianne mit dem Ableben ihres Stiefvaters nichts zu tun hatte, zudem keine Suizidgefahr bestand und sie nicht mehr minderjährig war, wurde keine Fahndung eingeleitet. Warum ich mich für den Fall interessieren würde, fragte mich der Beamte, den ich in Innsbruck aufsuchte, so wie Stefan es mir nahegelegt hatte. Ich zeigte dem Polizisten den Zeitungsartikel, den er mir nach der Lektüre seufzend zurückgab. Allein in Tirol seien seit den 1970er-Jahren an die hundertvierzig Fälle ungeklärt. Gut fünfhundert Anzeigen pro Jahr, die Zahl seit langem konstant, selten aber sei ein Verbrechen die Ursache für das spurlose Verschwinden eines Menschen. Auch Sie haben das Recht zu verschwinden, sagte er, und selbst wenn wir Sie aufspüren, ob im In- oder Ausland, solange nichts gegen Sie vorliegt und Sie uns versichern, dass es Ihnen gut geht, dürfen wir Ihren Angehörigen nichts von Ihrem Aufenthaltsort sagen, wenn das Ihr Wunsch ist.

Als ich die Behörde verließ, setzte heftiger Schneefall ein, und ich hätte sie beinahe nicht erkannt, so plötzlich tauchte sie auf im Gestöber, eine ehemalige Schulkollegin, in die ich mich im Maturajahr verliebt hatte. Sie blieb kurz stehen, wir wechselten ein paar Worte, und ich schaute ihr nach, wie sie die Allee hinabging, immer kleiner wurde sie, bis sie nur noch ein Punkt war, der mit den Flocken zerfiel.

Lange bekam ich dieses Bild nicht aus dem Kopf, und nun steht es mir wieder vor Augen, als ich im *Café de la Liberté* Platz nehme und hinüberblicke zum *Hôtel Odessa*. Dort war ich abgestiegen am Abend nach der Trennung von Samira, ein Zimmer mit winzigem Balkon, auf dem ich mir eine Zigarette an der nächsten anzündete und schließlich Stefan anrief. Zwei Tage später kehrte ich nach Innsbruck zurück, wo ich anfangs für ein paar Wochen bei ihm unterkam, bis ich eine eigene Bleibe fand.

Einige Male noch war ich drauf und dran, Samira anzurufen, stürzte mich dann auf mein Studium, hoffte auf einen Anruf von ihr. Anfragen zu Lesungen lehnte ich aus gesundheitlichen Gründen ab, was zunächst zur Folge hatte, dass sich Kolleginnen und Kollegen nach meinem Befinden erkundigten, aber irgendwann war es mit ihrem fürsorglichen Interesse nach mir vorbei. Wer Sand ist im literarischen Getriebe, der knirscht nicht lange und ist rasch vergessen. Mein damaliger Verlag nahm meine Entscheidung zur Kenntnis, ein Lyriker weniger, kein Problem. Ich erinnere mich an eine Begegnung mit meiner Lektorin, sie seufzte: Lyrik hat es schwer. Auf meine Frage, ob ich es mit einem Roman leichter hätte, blieb sie mir die Antwort schuldig.

Die Romanstoffe, die Samira mir so gestenreich hatte schmackhaft machen wollen, sie waren zu sehr aus dem Alltag gegriffen, als dass ich daran hätte Feuer fangen können, ich hatte es mit Hexametern, Sonetten, Elegien. Denkst du wirklich, das Leben ist so erschreckend banal?, fragte ich sie, sie trat nahe an mich heran, legte den Kopf in den Nacken, und fast berührten sich unsere Lippen, als sie sagte: Sei still! Was ist es denn sonst?

Der Kellner stellt sich an den Rand der Terrasse, beginnt auf den Zehen zu wippen und beobachtet sichtlich amüsiert den Streit zwischen einem Mopedfahrer und einem Paketzusteller, die sich uneins sind, wer hier wem im Wege steht. Dann wendet er sich tänzelnd dem Tisch zu, an dem eine alte Dame sitzt, viel Rouge auf ihren Wangen, die Lippen sehr rot, sie zeigt auf ihr Glas, er verbeugt sich dienerhaft, comme d'habitude, Madame, la même chose, bien sûr!

In seinem Habitus erinnert er mich ein wenig an seinen Kollegen in der Rue Daguerre, ein Bretone namens Maclou, der mir einmal erklärte, das Montparnasse-Viertel sei eine Kolonie der Bretagne. Ein Glatzkopf mit Zwirbelbart, federnd sein Schritt, bei jeder Witterung hat er die Hemdsärmel hochgekrempelt, ein Mann, der das Leben nicht auf die leichte Schulter nimmt, aber mit leichten Schultern.

Maclou ist einige Jahre zur See gefahren, auf Luxuslinern bis hinab zu den Inseln im Wind, hat dort mehrere Sommer gekellnert, später in Ferienklubs an der nordafrikanischen Küste. Mit Menschen unterschiedlichster Herkunft habe er unter einem Dach gewohnt und zusammengearbeitet, außer den üblichen Reibereien unter Kollegen sei es nie zu Streitigkeiten gekommen, früh habe er für sich eine Formel gefunden: Respekt verschafft man sich, wenn man über sich selbst lachen kann, und nicht indem man anderen Humorlosigkeit unterstellt.

Kennengelernt habe ich Maclou einige Wochen nach den Anschlägen im November 2015, er zeigte sich betroffen, aber wenig überrascht. Wer die falschen Fragen stellt, bekommt ernüchternde Antworten, sagte er. Und genau das sei geschehen, jahrelang hätten die Behörden wider besseres Wissen in der Bevölkerung die Frage lanciert, ob die Möglichkeit eines Anschlags bestehe, doch es sei nie eine Frage der Eventualität gewesen, sondern eine des Zeitpunkts. Während seiner Tätigkeit im Gastgewerbe, ob in Übersee-Frankreich, in den ehemaligen Kolonien oder hier, habe er oft mitansehen müssen, was Geringschätzung aus Menschen mache.

Ich erzählte ihm von meinen Pariser Jahren, von Samira und ihrer Clique, von den Dingen, die ich damals nicht hatte sehen wollen, und er verstand. Eines Abends dann, wir saßen nach Sperrstunde noch bei einem Glas, kam ich auf Marianne zu sprechen, und wie unbegreiflich es mir sei, dass ein Mensch einfach verschwinden könne, wo man doch täglich Spuren hinterlasse und sich in einem fort ausweisen müsse. Er sprach von der großen Anzahl von Sans-Papiers, die in Paris leben würden, illegale Einwanderer und deren Familien, sie gehen einer Arbeit nach, zahlen Mieten, sind eine eigene Gemeinschaft, sagte er. Ihre Devise laute: Ich bin, ich bleibe, ich werde nicht gehen. Man könne den Wahlspruch der französischen Republik auch auf diese Art leben, nicht? Ob Marianne denn keine Verwandten habe, Geschwister ihrer Mutter oder des ungeliebten Stiefvaters?

Die sind alle gestorben und ihre Nachkommen haben wenig Interesse, mich bei meinen Recherchen zu unterstützen – bis auf eine Cousine Mariannes, die im Salzburgischen lebt, Sylvia. Als ich sie aufsuchte an einem trüben Apriltag, war das für mich wie eine Reise in die Kindheit. Wir saßen in einer getäfelten Stube, tranken Filterkaffee aus Tassen mit Blumendekor, ein Stück Marmorkuchen dazu, und ich schaute zum Fenster hinaus, ausapernde Pisten, auf denen ein paar Unverdrossene zwischen braunen Flecken Slalom fuhren.

Ich war zu früh ins Dorf gekommen, hatte meinen Wagen vor einem Lokal geparkt, eine Tabledance-Bar, wie eine Affiche mit leichtbekleideten Damen wissen ließ, eine hielt sich mit beiden Händen ein Banner mit der Aufschrift *Wir laden zum Finale!* vor die Brüste. Einige Hotels hatten bereits geschlossen, rüsteten mit Baumaschinenlärm für die Zukunft, und man merkte den Einheimischen die Saisonmüdigkeit an, gereizt reagierten sie auf einfachste Fragen und überlegten mit Blick auf die Autokennzeichen, ob eine Antwort überhaupt vonnöten sei.

Mariannes Cousine führt mit ihrem Mann eine Fremdenpension, die Saison sei schlecht gewesen, es werde von Jahr zu Jahr schwieriger. Ich gab Verständnis vor, sei in einem Tourismusort aufgewachsen, flugs verlief unser Gespräch weniger verkrampft. Sie holte ein Fotoalbum hervor, Bilder von Mariannes Mutter, eine zierliche Frau mit Hochsteckfrisur, schmales Gesicht, dünne Lippen, die Wangen eingefallen, Mariannes Stiefvater in Anzug und Krawatte, die Haare zurückgekämmt, eine stattliche Erscheinung, zwei Köpfe größer als seine Frau, auf einem Foto die beiden zusammen bei einem Wanderausflug.

Sie habe erst durch mich von Mariannes Existenz erfahren, sagte Sylvia, in ihrer Familie sei das nie ein Thema gewesen, zumindest keines, über das man mit ihr gesprochen hätte. Zudem sei sie eine Nachzüglerin, erst 1955 geboren. Sie habe zwar gewusst, dass ein Bruder ihres Vaters in Innsbruck lebe, doch ihr Vater habe mit der Tiroler Verwandtschaft gebrochen. Nach meinem Anruf habe sie lange mit ihrem Mann diskutiert, ein pensionierter Lehrer und Heimatkundler, selbst er habe nichts von Marokkanerkindern gewusst, aber in Salzburg seien ja auch die Amerikaner stationiert gewesen – Haben Sie ein Foto von Marianne?

Ich zeigte ihr eine der Aufnahmen, die Elisabeth mir geschickt hatte, Marianne im Alter von elf Jahren, schwarzer Lockenkopf, kastanienbraune Augen, rundliches Gesicht, sie trägt einen Faltenrock, eine Bluse, darüber eine Strickweste, ihre bestrumpften Füße stecken in Sandalen, die zu klein sind, ihre Zehen lugen über die Sohlen hinaus.

Auf die Frage, woher ich das Foto hätte, erzählte ich von Elisabeth, die sich erst sehr spät mit der eigenen Geschichte zu beschäftigen begann, stinksauer sei sie gewesen, schreibt sie in einem ihrer Briefe, eine Mordswut habe sie gepackt, als sie Wahlkampfplakate entdeckt hatte und auf ihnen den Spruch: *Heimatliebe statt Marokkanerdiebe*. Ich breitete weitere Fotos auf dem Tisch aus, marokkanische Soldaten defilieren vor De Gaulle, der Geißbock immer voran, das Maskottchen der Einheit. Auf einem Foto Sultan Mohammed V. von Marokko auf Besuch in Bregenz.

Irgendwann gesellte sich Sylvias Mann zu uns, beugte sich staunend über die Fotografien, griff sich wiederholt an den weißen Bart und schüttelte den Kopf, schon als er in der Tür aufgetaucht war, hatte ich an den Moderator einer österreichischen Musiksendung denken müssen.

Es wurde spät, ich trank ein Glas Rotwein zu viel, und man bot mir an, in der Pension zu nächtigen, was ich jedoch ablehnte, ich hatte am nächsten Morgen eine Besprechung mit einem Kollegen in Innsbruck, um weitere Themen unserer Vortragsreihe festzulegen. Als wir uns verabschiedeten, fragte mich Sylvia, ob sie sich noch rasch eine Kopie von Mariannes Foto machen dürfe.

Ein Zigarre paffender Dickwanst betritt das *Café de la Liberté*, beschimpft ein mir unsichtbares Gegenüber, bellt in sein Telefon. Die Dame mit den roten Lippen ist beim dritten Glas angelangt, ich bezahle und mache mich auf den Weg zum Jardin du Luxembourg.

Vorbei am *Hôtel Odessa*, plötzlich habe ich Rigauds Stimme im Ohr, das Ende eines Zukunftslosen, der Tod seines Vaters auf der Île Saint-Louis. Ich war einmal mit Samira auf der kleineren der beiden Seine-Inseln, bei strömendem Regen standen wir vor dem Hôtel de Lauzun, und ich schwadronierte vom Klub der Haschischesser, der einst in diesem Haus gegründet worden war, erzählte von Baudelaire, Nerval und anderen Säulenheiligen meiner Schwärmerjahre, als wir den Quai du Louvre entlangspazierten zum Pont du Carrousel, wo mich Samira mit einem Blick zum Schweigen brachte. Es war mehr als ein Verstummen, es war ein Nicht-zu-fassen-Kriegen, ich verspürte eine Unfähigkeit, mir ihre und meine Situation sprachlich werden zu lassen, kurzum, mir fehlten die Worte, die Bankrotterklärung an den Schriftsteller.

Erst viele Jahre später glaubte ich die Ursache für ihren Blick gefunden zu haben, längst wieder in Innsbruck hörte ich ein Lied einer französischen Band, der Song handelt vom Tod eines Marokkaners, der 1995 von einer Meute von Skinheads aus dem Umfeld des Front National in die Seine geworfen wurde und dabei zu Tode kam. Ich kann mich nicht erinnern, dieses Lied je mit Samira gehört zu haben, und vielleicht sind meine Mutmaßungen auch falsch. Aber heute denke ich, dass an jenem regnerischen Sonntagvormittag auf der Île Saint-Louis ein Riss durch unsere Beziehung ging und am Pont du Carrousel war sie vermutlich schon vorbei.

Im Jardin trotzen sie der Hitze mit einer Partie Boule, einige Jogger sind unterwegs, ein Personal Trainer treibt seine Kundin an, auf den Tennisplätzen viel Betrieb. Ich setze mich auf einen der Luxembourg-Stühle, vor mir beginnt das Match zwischen einem Schlacks mit schulterlangen blonden Haaren, sein Gegner ganz in schwarz gekleidet mit Schirmmütze auf dem Kopf. Vom Kinderspielplatz her dringt ausgelassenes Geschrei, der Bemützte serviert ein Ass, leise spreche ich ein paar Rilke-Verse vor mich hin.

19.

Die Fassaden grau, sie färben ab auf die Gesichter der Menschen, Samira trottet missmutig neben mir her, gestern gab es Streit mit ihrem Chef in der Boutique. Schon beim Frühstück, als ich sie wiederholt von der Seite aus abwägend ansah in der Hoffnung, ihr Gemütszustand habe sich etwas gebessert, beantwortete sie meine Blicke lediglich mit: quoi? Dennoch ließ sie sich zu einem kleinen Ausflug überreden, wir wollen in die Rue des Carmes, die beste Möglichkeit, sie auf andere Gedanken zu bringen, ist immer, den Arrondissement zu wechseln.

Wir fahren bis Saint-Michel – Notre-Dame, schrecklicher Bahnhof, düster, eng, jedes Mal beschleunigt mein Puls, wenn ich an dieser Station aus- oder umsteigen muss. Einmal, ganz am Anfang unserer Beziehung, fingen meine Hände an zu zittern, ich dachte an den Anschlag, der vor Jahren hier in der Métro verübt worden war, Samira nahm mich in den Arm, trat auf die Zehenspitzen und küsste mich, ich bin mit meinen eins fünfundsiebzig kein Hüne, sie reicht mir ans Kinn.

Heute trägt sie meinen Daunenanorak, der ihr viel zu groß ist, jedoch die Möglichkeit gibt, sich mit mehreren Schichten von Pullovern gegen die Witterung zu stemmen, und als Kraftakt empfindet sie es wohl, eine weiße Wollmütze, dicke Fäustlinge, es hat fünf, sechs Grad über null, aber sie hat sich eingepackt, als müsste sie durchs ewige Eis. Um ihren Hals ein voluminöser Schal, sie stiert zu Boden, finster ihr Blick. Ich versuche sie aufzuheitern, wozu mir selbstredend jegliches Talent fehlt, sage, du siehst aus wie Bib, sie reißt sich los – quoi? Wie Bibendum, das Michelin-Männchen, füge ich kaum hörbar hinzu, deute auf ein Bistro am Boulevard Saint-Germain, sie nickt.

Wir sind die einzigen Gäste im Lokal, es ist noch früh, und ich frage mich, ob die Bedienung auch Ärger mit einem Vorgesetzten hatte, ihre Laune ist so schlecht wie die von Samira. Gestern Abend, wir waren kaum in ihrer Wohnung angekommen, schimpfte sie:

Der alte Sack meint, ihm würden seit einiger Zeit Unregelmäßigkeiten beim Tagesabschluss auffallen.

Das sei doch bloß eine Feststellung, sagte ich, eine ihrer Ansicht nach völlig falsche Schlussfolgerung, noch falscher könne man es gar nicht einschätzen. Sie verzog sich durch den Kettenvorhang ins Schlafzimmer, die Wände glänzten gelb und speckig, ich blickte zum Kühlschrank, der brummte mich an. Hinterm Vorhang die Titelmelodie einer Seifenoper, bei der Samira auf keine Folge verzichten mochte, worum es in der Serie geht, hatte sie mir eines Abends erklärt, in meinem Gesicht muss Begeisterung gewesen sein, ach, lass nur, hatte sie gesagt, ich sehe mir das ohnehin lieber alleine an.

Ich verließ noch einmal die Wohnung, kämpfte mich die Stiege hinab, vorbei an debattierenden Nachbarn, die sich ihr allabendliches Stelldichein im Treppenhaus gaben, Musik, polterndes Gelächter, Essensgerüche, fick dich selbst, schrie einer, ein anderer, hau doch ab, sie meinten nicht mich, ich fühlte mich dennoch angesprochen.

Auf dem Boulevard Barbès kaufte ich mir an einem Kiosk ein Bier, dachte an meinen Vormittag im Jardin des Plantes, wo ich lange vor dem Kakteenhaus gestanden war, ein paar Verse im Kopf, die ich im Handumdrehen wieder verworfen hatte. Vom Park aus spazierte ich in den Marais, suchte ein Lokal auf, in dem ich in meinen ersten Pariser Wochen oft eingekehrt war, ehedem ein Treffpunkt jüdischer Arbeiter, während der Okkupation wurde hier ein jüdisches Mädchen versteckt, hatte ich erfahren.

Ich ließ den Tag verstreichen, holte Samira von der Arbeit ab, merkte sogleich, dass etwas sie plagte, ich fragte nicht nach. Als wir in den 18. fuhren, fühlte ich mich schlagartig unbehaglich, wie immer stiegen wir Château Rouge aus, ich rang nach Luft, bekam es mit der Angst.

Die Kellnerin stellt unsere Tassen auf die Theke, Kaffee schwappt auf die Unterteller. Aus dem Radio singt einer von einem Frühstück in Frieden, ich schaue auf und Samira an, sie strahlt mit einem Mal übers ganze Gesicht.

Ich mag dieses Lied, sagt sie und stimmt ein in den Refrain, elle prend son café en riant, elle me regarde à peine. Lächelnd greift sie zur Tasse, sieht an mir vorbei und singt: Me feras-tu un bébé pour Noël?

Weder an Weihnachten noch zu einem anderen Zeitpunkt mache ich dir ein Kind, denke ich, verziehe den Mund, der Espresso ist bitter, zu heiß. Na, so schlimm sei ihre Frage nun auch wieder nicht, sagt sie und trällert weiter: Der Kaffee schmeckt abscheulich, nicht?

Wir zahlen, Samira faucht über den Tresen, der Kaffee dürfe als solcher nicht bezeichnet werden, die Kellnerin schnalzt geringschätzig mit der Zunge, sei aber eine arabische Sorte, sagt sie. Ich spüre, dass Samira nahe dran ist, der Kellnerin an den Kragen zu gehen, ich umfasse sie fest in der Hüfte, schiebe sie neben mir her aus dem Lokal.

Merde alors, der Schlampe hätte ich jetzt am liebsten eine geknallt!

Samira stampft auf, hakt sich dann bei mir unter, noch ein paar Schritte den Boulevard Saint-Germain entlang, wir biegen rechts ab in die Rue des Carmes. Ich zeige auf ein Haus, ziehe Samira aber weiter.

Was ist mit dem Hotel?

Ich habe mich in der Adresse geirrt, antworte ich.

Es ist an der Zeit, nichts zu sagen. Wie soll ich ihr jetzt erzählen von Ungaretti, der hier wohnte, wie von seinem Gedicht *In Memoriam*? Und freilich ist es nie an der Zeit, etwas zu sagen, wenn man spürt, dass dem geliebten Gegenüber wie einem selbst der Mut fehlt, dem anderen zuzuhören. Während wir die Rue des Écoles überqueren, denke ich an die ersten Wochen unserer Liebe, an den Tag, an dem ich bei Samira eingezogen bin, es ist ein Sonntag gewesen wie heute. Morgen habe sie frei, übermorgen ohnehin, und wer wisse schon, wie lange, sie habe sich von einem alten Bekannten eine Krankschreibung besorgt. Sie blieb tatsächlich ein paar Tage zuhause, aber irgendwann wurden die Anrufe ihres Chefs dringlicher, und auch ich war in Verzug, hatte einen Artikel über einen Stadtspaziergang abzuliefern, hielt den leitenden Redakteur mit einer Influenza hin, die mich gepackt und fest im Griff habe.

Über uns lehnt eine alte Frau im Fensterrahmen, im Schlafrock, um den Hals mehrere Tücher, sie unterhält sich mit den Tauben, fragt die Vögel liebevoll, Qu'est-ce que vous faites, uns sieht sie griesgrämig an. Komm schon, fordert mich Samira auf, das Gequake der Frösche anzustimmen, quamvis sint sub aqua sub aqua, ich bringe es nicht über die Lippen.

Weiter durch die Rue Valette, vor uns ragt die Kuppel des Panthéon allgewaltig auf, Voltaire liegt dort, Zola, ich sage nichts, die Leichtigkeit ist verschwunden. Vor einigen Monaten noch begleitete ich Samira nach Gambetta, wo eine Bekannte von ihr in einem Blumenladen arbeitet, ich nützte die Gelegenheit zu einem Abstecher auf den Père-Lachaise, wozu sie mir beschwingt viel Vergnügen wünschte, was ich lachend beantwortete: Ich werde Apollinaire von dir grüßen.

Samira beginnt, das Lied von vorhin zu summen, und ich frage mich, warum man sich selbst so verflucht ernst nehmen muss, woher die Angst rührt, sich einfach gehen zu lassen, ohne zu wissen wohin.

Vom Panthéon aus schauen wir hinunter zum Jardin du Luxembourg, Samira pufft mich in die Seite: Und, machst du mir nun zu Weihnachten ein Kind?

20.

Ein blondgelocktes Mädchen winkt mir zu, drei, vier Jahre alt wird sie sein, sie kommt an der Hand ihrer Mutter, eine Frau mit auffallend blassem Gesicht und großer schwarzer Sonnenbrille, die sich mehr für den blonden Tennisspieler als für mich interessiert. Vermutlich waren die beiden am Spielplatz, jetzt gehen sie in Richtung der Bienenhäuser und weiter zu einem der Ausgänge des Jardin du Luxembourg. Ich versuche, mir Samira vorzustellen als Mutter von drei Kindern. Gleich nach meinem Besuch bei Rachid kontaktierte ich Farah, sie ließ mich lange Monate warten mit ihrer Antwort, die aus zwei Ausrufezeichen bestand:

Vergiss Samira! Sie hat sich für einen anderen Weg entschieden!

Das war dürftig, und wen ich zu vergessen hatte, wollte ich mir nicht vorschreiben lassen. Ich bat Farah um eine etwas eingehendere Auskunft, wieder verstrichen Wochen und erneut fiel ihre Erwiderung knapp aus. Sie nannte mir die Namen von Samiras Kindern, zwei Buben, ein Mädchen, sprach von einem Mann, ein an sich netter Kerl, aber ein bisschen zu religiös. Samira habe ihn 2005 kennengelernt, danach sei der Kontakt zu ihr, Farah, zunehmend weniger geworden. Erst in ihrer dritten Mail wurde Farah ausführlicher:

Bald nach der Trennung von dir hat Samira ihre Arbeit in der Boutique aufgegeben. Sie wollte weg aus der Gegend, die für sie voller Erinnerungen steckte, hat sie mir einmal gesagt. Sie hat dann in einem anderen Klamottenladen gejobbt, fühlte sich aber vom Inhaber bedrängt und erschien von einem auf den anderen Tag nicht mehr im Geschäft. Sie arbeitete in einer Bäckerei, in einem Drogeriemarkt, stand in einer Bar hinter der Theke. 2005 hat sie ihren Mann kennengelernt, einen Banlieusard, der für sein Mitwirken an den Aufständen mehrere Tage eingesessen ist, wie gesagt, ein netter Typ, aber sein religiöser Eifer ging mir schrecklich gegen den Strich. Wie du dich bestimmt erinnerst, habe ich ebenfalls gerne mit Worten um mich geschlagen, jetzt habe ich Besseres zu tun. Seit der Erkrankung meiner Mutter weiß ich, dass es Wichtigeres gibt als Ideologien, von Religionen zu schweigen, und dein missionarischer Eifer, mit dem du einst Paris erkundet hast auf den Spuren deiner Dichter, war ja auch nicht ganz ohne. Ich glaube, Samira hat noch lange darauf gewartet, dass du dich bei ihr meldest, jetzt ist es zu spät. Sie hätte dich nie kontaktiert, dazu war sie zu feige. Sie konnte so überlegt sein, so naiv zugleich. Die Sache mit dem Roman, meine Güte, ich habe ihr gesagt, sie solle es lassen, aber du weißt ja, wenn sie sich etwas in den Kopf setzte – Sie wollte wissen, ob du couragiert genug bist, etwas zu riskieren für sie. Du hast das natürlich nicht begriffen, ihr Männer könnt so verdammt dumm sein. Und doch wart ihr euch ähnlich, Samira und du. Du hast nichts von dir preisgeben, und sie verschwieg dir einen Teil ihrer Geschichte, sie wollte immer eine andere sein. Wenige Monate nach Samiras Geburt sind ihre Eltern bei einem Autounfall ums Leben gekommen. Man steckte Samira in ein Waisenhaus nahe Nîmes, später nahm eine Großtante sie auf in Paris La Courneuve, wohin Samira noch einmal übersiedelt ist, bevor sie 2006 mit ihrem Mann nach Toulouse ging. Du würdest sie nicht wiedererkennen und sie würde dich, einen Kufr, mit Sicherheit ignorieren. Noch einmal: Vergiss Samira! Sie hat sich für einen anderen Weg entschieden!

Ich lege den Kopf in den Nacken, starre durch die Baumkronen hindurch in den Pariser Nachmittagshimmel, höre, wie sie die Bälle übers Netz dreschen, einer ruft laut, come on.

Warum hat sie mir nichts vom Tod ihrer Eltern gesagt? Oft habe ich Farahs Mail gelesen, ihr noch mehrmals geschrieben, blieb ohne Antworten. Und Samira als gläubige Muslima? Sie, die nach Leben gierte, die in allem Weltlichen das Heil sah und der es gar nicht freizügig genug zugehen konnte, hinter einem Schleier aus Mutmaßungen über ein paradiesisches Fortbestehen verschwunden? Stefan, dem ich davon erzählte, schwieg lange, ehe er sagte: Dann hast du sie zumindest aufgespürt.

Das war zwar mehr als bescheiden, aber im Grunde hatte er recht. Rachid kontaktierte ich gleichfalls, er entgegnete lapidar, man müsse die Entscheidungen eines anderen akzeptieren, ob sie einem gefallen würden oder nicht. Im Übrigen halte er mich für intelligent genug, aus Samiras Gläubigkeit nicht die falschen Rückschlüsse zu ziehen. Welche sind denn die richtigen?

Vor mir auf dem Tennisplatz schwitzen sie um jeden Punkt, Samira und ich steigen in die Métro, wir fahren hinaus nach Roland Garros und sehen Thomas Muster in der ersten Runde verlieren, ich weiß nicht mehr gegen wen. Ich hätte erkennen müssen, wie wandlungsfähig sie war, wie sie in Rollen schlüpfte und in ihnen aufging, bis sie verschmolz mit einer Figur, die sie glaubte geben zu müssen, vor anderen, vor mir. Wir fuhren zwei weitere Male zum Turnier, und Samira, die zuvor keine Ahnung hatte von Slice, Smash und Return, wurde binnen kurzem zur Tennisexpertin. Für andere Sportarten hatte sie so wenig übrig wie ich, Jogger würden an Verfolgungswahn leiden, sagte sie einmal, am lächerlichsten fand sie stiernackige Hantelmännchen, ein Wort, das sie von mir hatte und jedes Mal verwendete, wenn ein Muskelprotz des Wegs kam.

In meinen Beziehungen vor Samira wie in jenen nach ihr verspürte ich nie den Drang, die Eltern meiner Freundinnen kennenzulernen, dieses Getue und Textaufsagen bei Kaffee und Kuchen, und nach Beendigung des Schauspiels dann die Frage: Wie findest du sie?

Als ich den Artikel mit Mariannes Foto im Zeitungsarchiv entdeckte, war da unumwunden wieder dieser Schmerz des Nichtgenügens, Wut stieg in mir hoch, ein unbändiger Hass auf Samira und ihre naiven Vorstellungen von einem gemeinsamen Leben, ihre abgeschmackten Mutmaßungen meine Person betreffend, eine über Jahre angestaute Verzweiflung brach sich Bahn und schlug blitzartig um in Zorn. Ich sehe mich noch, wie ich den Zeitungsartikel auf dem Schreibtisch ablege, und meine Hände zittern vor Wut auf mich selbst.

Von Kindheit an war ich Konflikten ausgewichen, aus Angst, in ihnen nicht zu bestehen, unausgesetzt das Gefühl, es würde nicht ausreichen, was ich machte. Immer empfand ich mich als Schuldigen, ob nun meine Mutter schlechte Laune hatte oder sich mein Vater die Hosen versaute beim Schmieren der Kette meines Fahrrads. Ich war der Grund, warum sie heirateten und nach Österreich übersiedelten, meine Mutter hasste das Landleben, doch mein Vater hatte eine Stelle gefunden, die junge Familie musste ernährt werden.

Als ich das Foto von Marianne betrachtete, sah ich in ihren Augen, mit wie wenig Zuversicht sie in die Welt blickte, ich erkannte Samira und mich selbst, der Blick leicht abgeschrägt und am Gegenüber vorbei, was etwas Verträumtes haben konnte, etwas Lässiges auch, letztlich aber Ausdruck einer Verunsicherung war und einer Enttäuschung über bereits Gesehenes. Ich sah in Mariannes Augen jenen Abend nach der Demonstration vor der österreichischen Botschaft gespiegelt, Samira in der Küche, beide Hände an einer Tasse, sie schaut nicht auf, als ich die Wohnung betrete, dann wendet sie langsam den Kopf in meine Richtung, und da ist er, dieser Blick, Mariannes Blick, und Samira sagt: Es ist aus.

Ich packte meine Sachen, sie weinte, das sei typisch für mich, nicht einmal die Gründe für ihre Entscheidung wolle ich wissen, was sie an mir geliebt habe, meine Gelassenheit, sei nichts anderes als Gleichgültigkeit, nie habe sie das stärker verspürt als heute Nachmittag auf der Demo. Und vielleicht sei meine Arroganz ja ein Zeichen der Zustimmung für die Verhältnisse in meinem Land der Rassisten. Sie habe jenen Abend bei Rachid vor Augen gehabt, als ich blessiert im Couscous herumgestochert hätte, vermutlich sei mir die Gesellschaft zu minder gewesen, und mit den fadenscheinigen Argumenten, mit denen ich damals mein Verhalten gerechtfertigt hätte, bräuchte ich ihr jetzt erst gar nicht zu kommen, schrie Samira und: Nein, das genügt nicht.

21.

Der blonde Schlacks spielt Stopp-Lob mit seinem Gegenüber, der Schwarzbemützte wehrt sich nach Leibeskräften, versucht es mit einem Tweener, doch sein Ball bleibt an der Netzkante hängen. Den ersten unterschnittenen Ball, den Samira mir zuspielte, habe ich zum Anlass genommen, die Partie aufzugeben.

An die zwei Tage zwischen unserer Trennung und meiner Abreise nach Österreich habe ich wenige Erinnerungen. Ich mied die Orte, die wir gemeinsam aufgesucht hatten, was nicht schwierig war, da ich das Hotel nur verließ, um mich beim nächstgelegenen Supermarkt mit mehreren Flaschen Wein zu versorgen. Ich trank sie auf dem Balkon des Hotels, ich trank sie im Bett und im Bad, ich trank sie, während ich an die Zimmertür gelehnt in die Knie hinabrutschte, ich trank in einem fort. Ich hatte meine Baseballmütze auf dem Kopf, ich legte sie auch beim Zubettgehen nicht ab, Trennungsschmerz kann einen verblöden.

Dass Samira mich im Hotel finden würde, konnte ich ausschließen, sie aufzusuchen, kam für mich nicht in Betracht, wie sie mich angebrüllt hatte, das hallte in mir nach.

Beim Auschecken, das erinnere ich, fragte mich der Rezeptionist, wohin denn die Reise gehe? Diese Frage begleitete mich durch die Jahre, ich sehe ihn vor mir, wie er von der Zeitung aufblickt, den Kopf leicht zur Seite neigt, ich bleibe ihm eine Antwort schuldig, er runzelt die Stirn: Bon voyage!

Ich nahm mir ein Taxi zur Gare de Lyon, warf meine Schildkappe in einen Abfalleimer, kehrte Paris über die Schweiz den Rücken. In Zürich hatte ich Aufenthalt, betrat die Bahnhofsbuchhandlung. Und ich weiß noch, wie verloren ich mir inmitten der Bücherstapel vorkam, wie fern dem Leben mir diese erfundenen Geschichten schienen, diese Unzahl von Belanglosigkeiten, meisterhaft verknüpft und zwischen Buchdeckel gepresst, ich kaufte mir einen Roman von Modiano und fuhr später mit *Dora Bruder* in den Arlbergtunnel ein.

Als es dann durch das enge Oberinntal auf Innsbruck zuging, packte mich eine mir körperlich zusetzende Verzweiflung, und hätte Stefan mich nicht vom Bahnhof abgeholt und geradewegs in seine Wohnung verfrachtet, ich mag nicht mehr daran denken, wozu ich fähig gewesen wäre.

Für einige Tage setzte ich keinen Fuß vor seine Wohnung, sie befand sich in Flughafennähe am Stadtrand im mittleren von drei Blöcken, die sich lediglich durch die Farbgebung ihrer Balkone unterschieden. Schaute ich zum Fenster hinaus, dann auf ein Gewimmel von Satellitenschüsseln, die wie Stielporlinge aus dem Beton schossen und die Hausfassaden überwucherten. Auch Stefan besaß eine Parabolantenne, war er außer Haus, setzte ich mich vor den Fernseher, zappte durch die Kanäle zu den französischen Sendern, erklang die Melodie einer Sendung, die Samira gerne mochte, schaltete ich den Apparat rasch aus. In monotoner Gleichmäßigkeit landeten und starteten die Flugzeuge, sie zogen eine gefühlte Armlänge entfernt über die Blöcke hinweg, und die Anekdote, die über Blaise Cendrars erzählt wird, geht mir heute noch nah: Er sei jedes Mal unverzüglich in seine Wohnung zurück, um die Koffer zu packen, wenn er ein Flugzeug über sich am Himmel erblickte.

Weit mehr als meine Rückkehr nach Tirol machte mir das Gefühl zu schaffen, versagt zu haben, zugleich empfand ich eine mir damals unerklärbare Erleichterung. Zwar überlegte ich mir wieder einmal Rechtfertigungen, um vor meinen Eltern nicht gänzlich das Gesicht zu verlieren, aber diesbezüglich bestand wenig Gefahr. Sie begrüßten meinen Entschluss, ein Studium aufzunehmen, und meine Mutter sagte es nicht, doch es war ihren Augen abzulesen, sie freute sich, dass es mit dieser Frau in Paris ein Ende hatte.

Der mit der schwarzen Mütze wirft mir einen fragenden Blick zu: Ob ich den Ball nicht auch im Aus gesehen hätte? Ich ziehe die Schultern hoch, gebe mich überfordert, eine leidenschaftliche Debatte entbrennt, hernach legen sich die beiden wieder mächtig ins Zeug.

Nicht erst seit Rigaud mich vorhin auf meine Flucht aus Paris angesprochen hat, weiß ich, dass Samiras Vorwurf ein berechtigter war, du kriegst den Arsch nicht hoch, das hatte sie mir mehr als einmal um die Ohren gehauen. Mein gestriger Abend mit Sandrine, ihr Entsetzen über die Zustände an der Porte de la Chapelle, ich war noch nie so sehr einer Meinung mit ihr gewesen: Eine Schande ist das.

Um das Jahr 2006 herum sei sie mit ihrem Mann nach Siebenbürgen gefahren, hatte mir Elisabeth erzählt, Sibiu sehr schön, überall Maurer, Handwerker, die Stadt sei auf Hochglanz poliert worden. Aber sie habe auch andere Orte in Rumänien gesehen und sich augenblicklich an die Worte ihrer Großmutter erinnert: Nach Kriegsende sind Kinder wie hungernde Katzen durch die Stadt geschlichen.

Das war mir schon durch den Kopf gegangen, als ich mich damals mit Rachid in der Bar unterhalten und er von Katzen gesprochen hatte, von zerfetzten Müllsäcken, nach seiner herausfordernden Frage: Hast du eine Ahnung, was sich dort täglich tut in Chêne Pointu, Clichy-sous-Bois?

22.

Mit der Métro-Linie 7 bis zur Endstation, noch vor meinem zweiten Besuch bei Rachid fuhr ich hinaus nach La Courneuve. Ich streunte einen halben Vormittag lang durch die Straßen und kam mir dabei vor wie ein Eindringling in eine Welt, von der ich nicht geglaubt hätte, dass sie wenige Kilometer vom Arc de Triomphe entfernt existiert. Ich fühlte mich auf Schritt und Tritt beobachtet, wurde mehrmals angesprochen, nein, ich würde nicht in Paris wohnen, sagte ich, und Journalist sei ich bestimmt nicht.

Ich wusste, La Courneuve gehört zu den Gemeinden mit dem geringsten Durchschnittseinkommen in Frankreich – und zu jenen mit dem höchsten Anteil an Einwanderern. Einst war die Stadt ein Zentrum der Arbeiterbewegung, die später die Grundlage für die Résistance bildete. Mehrmals griffen alliierte Bomber die Stadt an, nach dem Krieg entstanden Plattenbauten, die in natura noch monströser aussehen als auf Bildern, ein dystopischer Alptraum. Ich erinnerte den Ausspruch eines französischen Architekten, die Situation der Vororte könne recht einfach verbessert werden, indem der Präsident nach St. Denis ziehe und der Premierminister gleich in seine Nähe nach La Courneuve.

Ein gelber Klinkerbau mit Fenstern wie Schießscharten, das *Lycée Arthur Rimbaud*, das Samira besucht hatte, ähnelt einem Gefängnis. Was erhofft sich eine vom Leben, die hier über Büchern brütet? Samira sagte, sie sei gerne in die Schule gegangen, habe dies aber vor Freundinnen und Bekannten oft verschwiegen. Mehrmals sei das Lycée von Jugendlichen verwüstet worden, die Fenster hätten den Angriffen standgehalten, seien aus Panzerglas gewesen. Sie habe diesem Hass nie zustimmen wollen, auch wenn es ihr manchmal schwer gefallen sei. Den Schönrednern hat sie ihre Zustimmung ebenso verweigert, den Minderheitensprechern und Sozialarbeitern, man müsse die Jugendlichen abholen, was solle der Quatsch, und ich erinnere mich, wie sie über Fernsehmoderatoren herzog, wenn die wieder einmal von sensiblen Zonen sprachen, von vorrangigen Bildungssektoren und Zukunftslaboratorien urbaner Sozialpolitik. Nennt das Kind beim Namen, schimpfte sie dann, die da draußen wollen sich nicht abholen lassen, sie pfeifen auf die französische Zivilisationsidee, wollen sich ihr nicht unterwerfen, und wenn sie es doch tun, lasst ihr sie trotzdem im Regen stehen. Sogar ihr mit ihrem Abschluss am Lycée habe man geraten, sie möge ihren Namen französisieren, so böten sich bessere Chancen am Arbeitsmarkt. Dem habe sie sich nicht unterwerfen können, das sei zu erniedrigend gewesen, sie sprach oft von Unterwerfung, kommt mir jetzt in den Sinn.

Ich öffne den Posteingang, suche die Mail meines Verlegers. Wäre ich nicht auf den Zeitungsartikel gestoßen, ich hätte das Buch abgeschlossen, säße vermutlich schon an einem neuen. Aber ich kann nicht gut Marianne dafür verantwortlich machen, dass ich meinen Verleger hinhalte und meinen universitären Aufgaben nur noch mit Unmut nachkomme. Sie zu finden, ein aussichtloses Unterfangen, auf sie gestoßen zu sein, ein Glück, Marianne stellt Fragen.

Meine Fahrt nach La Courneuve, mein Treffen mit Rachid bis hin zur Kontaktaufnahme mit Farah, alles Ausdruck einer tiefen Beschämung. Schon zur Jahrtausendwende war erkennbar, meine Generation rennt sehenden Auges in die Katastrophe, längst war am Laufen, was die Zukunft so erbarmungslos zeigen würde, die Zahl der Verlierer würde sich verdoppeln, verdreifachen, die Zahl politischer wie religiöser Bauernfänger ebenso. Damals traf es noch jene, die man ohnehin nicht in der Gesellschaft haben wollte, Samira, Rachid, jetzt trifft es alle.

Als ich Ende der 1990er-Jahre mit schwärmerischen Gedanken durch die Straßen von Paris lief, gab es nicht so viel Armut, mag sein, ich sah sie nicht, nun begegnet sie mir allerorts. Jene, die sich ein Zelt leisten können, schlagen es neben Kirchenportalen auf, im Schutz von Mauern oder Bäumen, alleine in der Rue de l'Hôtel-de-Ville in einem Abschnitt von gut dreißig Metern sieben Zelte. Andere nächtigen in Schlafsäcken über den Abluftschächten der Métro, und vorhin auf meinem Weg von Rigaud in den Jardin du Luxembourg erblickte ich eine Gestalt, ob männlich oder weiblich war nicht zu erkennen, auf einem Stück Pappkarton an einer Hausmauer kauernd, in Lumpen gehüllt.

Verelendung ist im Gang. Lese ich dann in einem Reiseführer, an der U-Bahn-Station Blanche könne man ein tolles Foto mit dem Moulin Rouge im Hintergrund schießen, und wenn man sich auf den großen Abluftschacht der Métro stelle, fühle man sich wie Marilyn Monroe mit wehendem Rock und Haar, richtet sich das an den geistigen Zustand einer Generation, die weder willens noch in der Lage ist, die Situation, in der sie sich befindet, zu begreifen, kurzum, sie leidet an Realitätsverlust.

Einen Wirklichkeitsverweigerer nannte mich Samira. Und ein solcher bleibe ich, wenn ich mich weiterhin in geschützter Werkstätte mit Kolleginnen und Kollegen verquastem Geschwafel hingebe, das nichts zu tun hat mit dem, was die Menschen außerhalb des Campus bewegt. Damit würde ich jenem jungen Mann ähneln, den ich gestern fast zu Tode kommen sah, als ich von Sandrine ins Hotel zurückkehrte, er kreuzte bei Rot die Straße, die Kapuze seines Sweaters tief in die Stirn gezogen, riesige Kopfhörer über die Ohren gestülpt. Erst als er den Fahrtwind des an ihm vorbeirasenden Motorrads im Rücken spürte, drehte er sich gelangweilt um und trottete ohne mit der Schulter zu zucken weiter. Er hatte weder das Hupen gehört noch meinen Warnschrei.

Bereits vor meinem Archivfund hatte ich zu hadern begonnen, mal mehr, mal weniger, und zweifellos, damit war zu leben, solange der Lohn pünktlich angewiesen wurde und ich meine wissenschaftlichen Projekte nach eigenen Vorstellungen gestalten konnte. Alles lief in vertrauten Bahnen, von einer Vorlesung zur nächsten, durchs Sommersemester, durchs Wintersemester, und wieder von vorne.

Shakehands, die Partie ist beendet. Es ist an der Zeit, aufzubrechen.

Als ich aufstehe, schwindelt mich ein wenig, die Hitze, der Wein bei Rigaud, die Erinnerungen an Samira und das Inklusion-Exklusion-Geschwätz neulich auf der Uni. Monsieur, höre ich rufen, ich drehe mich um, es ist der blonde Schlacks, er deutet zur Bank, auf der ich gesessen bin, ich habe meine Plastiktasche dort vergessen. Ich bedanke mich mit einer Geste, wer von den beiden gewonnen hat, weiß ich nicht, ich war das von ihnen bemerkte Publikum, aber selbst das ist einerlei.

Vorbei am Kinderspielplatz, im Schatten der Bäume Richtung Fontaine Médicis, eine Soldatin und zwei ihrer Kameraden kommen mir entgegen, sie weichen keinen

Zentimeter aus. Ich muss an Rachid denken, an seinen Zischlaut, als er die Polizisten auf der gegenüberliegenden Straßenseite erblickte, und an seinen Ratschlag, dem nicht leicht zu folgen ist, vorm Palais du Luxembourg ebenfalls Bewaffnete. Ich verlasse den Park, ein paar Schritte die Rue de Vaugirard entlang, schon sehe ich die Aufschrift *Bar à Vin*, mein Ziel.

Im *Tournon* nehme ich Platz an der schmaleren Seite neben dem Eingang ins Lokal, suche im Fenster hinter mir vergeblich den Zeitungsartikel, der von Joseph Roth und seinem Aufenthalt hier berichtete. Zwei Männer betreten die Terrasse, in meinem Alter werden sie sein, wenngleich ihre Kleidung auf Zwanzigjährige schließen lässt, beide tragen sie Sneakers mit offenen Schuhbändern, knöchellange Hosen, keine Strümpfe, bedruckte T-Shirts. Während der eine sich sichtlich über die auf meinen Knien abgestellte Franprix-Tasche amüsiert, wird er vom anderen bequasselt, ohne dass der den Blick vom Mobiltelefon nimmt.

Ich komme mir plötzlich vor wie ein Tramp, der sich seine Habseligkeiten schützend vor den Bauch klemmt, denke an den König von der Friedhofsmauer, lege die Tasche auf den Stuhl neben mir, lasse eine Hand am Henkel. Bei der Kellnerin erkundige ich mich nach dem Verbleib des Zeitungsartikels, sie wisse nichts von einem Artikel, sei neu hier, ich bestelle einen Pernod.

Am Nebentisch entbrennt eine Diskussion, von Islamisten höre ich, und was sie mit den Krawallen in den Banlieues zu tun hätten, darüber würden die Volksvertreter schweigen und in den Medien sowieso kein Wort, weil die Angst umgehe, verklagt zu werden vom „Kollektiv gegen Islamfeindlichkeit", hinter dem die Muslimbruderschaft stecke. Nun nehmen sie Macron in die Mangel, und ich erinnere den euphorischen Anruf Elisabeths nach der französischen Stichwahl, die Rechte habe ihr Fett abbekommen, so Elisabeth wörtlich, das müsse mich doch auch freuen, tat es selbstverständlich, aber das war schon alles.

Sie hält mich für einen Frankreich-Experten, der ich allemal nicht bin, Spezialist für nichts außer für Anfänge ohne Enden. Und wie empört sie war nach den österreichischen Wahlen, ich versuchte, sie zu beruhigen, nichts werde so heiß gegessen wie gekocht, ein Spruch, mit dem mir meine Mutter jugendlang in den Ohren gelegen war, Elisabeth zeigte sich entsetzt über meine Reaktion: Herr Broeger, ich erkenne Sie kaum wieder.

Ich ziehe die Tasche etwas näher an mich, mein Hemd klebt an der Brust, ich sollte vor dem Treffen mit Stefan duschen. Allerdings bei der Hitze noch einmal den ganzen Weg ins Hotel zurück? Einen weiteren Pernod! Stefan und ich kennen uns zu lange, ob mit Schweißgeruch oder Fahne, ich habe keine Lust mehr auf Maskeraden.

Derweil sind sie nebenan bei den Blauen angekommen, würdige Weltmeister, sagen sie, viele Araber und Neger darunter, aber gute Fußballer. Ich habe mir das Finale in Innsbruck angesehen, gemeinsam mit Lisa, die ich drei Monate zuvor kennengelernt hatte. Vor Anpfiff des Spiels waren wir essen gegangen, zahlreiche kroatische Fans unterwegs zum Public Viewing, wir hofften auf einen Sieg der Franzosen und öffneten eine Flasche Wein, als Macron bei der Siegerehrung im Regen stand.

Auf der nahen Rue de Vaugirard ein aufheulender Motor, ich sehe Sandrine vor mir, ihr süffisantes Grinsen, dieses Männlichkeitsgehabe, das sie nur bei Zuwanderern zu erkennen glaubt, denen wachse der Schwanz bis ans Gaspedal. Dass dies bei Sprösslingen aus altehrwürdigen Familien ebenso der Fall sei, hatte ich einmal entgegnet, doch wie immer war sie unempfänglich gewesen für ein Argument, das nicht in ihr Denkschema passt.

So wie mir Samira nie von ihrer Kindheit erzählen konnte, habe ich nie von der meinen gesprochen. Ihre Weigerung, mit mir nach Nîmes zu fahren, kam meiner nie geäußerten Einladung gleich, sie möge mich für ein paar Tage nach Tirol begleiten. Wir bemerkten es nicht, die Gegenwart war unsere Bühne, und erst als wir den Blick in die Zukunft richteten, kam uns die Vergangenheit in die Quere.

23.

Etwas treibt mich an, etwas jagt mir nach, eine Melodie, auf dem Klavier vorgetragen, immer dasselbe Stück, von Kindheit an, mal höre ich es lauter, dann wieder kaum, es begleitet mich auf dem Schulweg und während ich über Aufgaben sitze, es fährt mit mir im Sessellift hoch, wedelt mit mir Hänge hinab, von einem Jahr ins nächste, über Pisten, durch Wälder, Bäche entlang, von der Volksschule ins Gymnasium,

ich betrete die Wohnung meiner Eltern, ein dunkler, langer Flur, braune Teppichböden, meine Mutter werkelt in der Küche, sie bereitet das Abendessen vor, der Vater ist noch nicht zuhause, er muss arbeiten, immer muss er das, meine Mutter sieht mich strafend an, ich weiß nicht, warum, und ich verziehe mich in mein Zimmer,

an der Wand über meinem Schreibtisch ein Stadtplan von Paris, mit rotem Filzstift habe ich Routen markiert, ich schnappe mir einen Band mit Gedichten, Baudelaire, Rimbaud, Verlaine, beginne zu lesen und reise in Versen,

ich steige aus dem Zug, laufe Boulevards hinab in den Marais, habe dort eine Bleibe gefunden, ein Zimmer in Untermiete, eine Dame öffnet mir die Tür, heißt mich herzlich willkommen, um die achtzig ist sie, elegante Erscheinung, dezent geschminkt, die Fingernägel lackiert, sie spricht ein wenig Deutsch, hat Wurzeln im Elsass wie meine Großmutter väterlicherseits, die Melodie wird lauter, sie erinnert an ein Nocturne von Chopin, aber eher greifen hier mehrere Stücke ineinander, ich stelle mein Gepäck ab, mache mich auf den Weg,

mein neues Revier, Rue Vieille du Temple, Rue Sainte-Croix-de-la-Bretonnerie, ich stehe vor einer Tafel in der Rue des Rosiers, *À la mémoire du directeur, du personnel et des élèves de cette école arrêtés en 1943 et 1944 par la police de Vichy et la Gestapo, déportés et exterminés à Auschwitz parce que nés juifs,* ich finde viele Hinweise wie diese im 4. Arrondissement, irgendwann werde ich darüber schreiben, nehme ich mir vor, aber noch ist die Zeit nicht reif, noch will ich die Schilder nicht sehen, ich ducke mich unter ihnen hinweg, setze über auf die linke Seite der Seine, schlendere durchs Quartier Latin und ziehe die Schirmmütze tiefer ins Gesicht,

eine junge Frau tritt an meinen Tisch, schulterlanges gelocktes Haar, sie trägt einen weißen Strickmantel, weiße Chucks, argwöhnisch streift ihr Blick über meine Kopfbedeckung, was mich so umtreibe im Leben, fragt sie und lässt sich einladen auf ein Glas, wir sprechen über Belanglosigkeiten, treffen einander tags darauf wieder, gehen ins Kino, abends in eine Bar, nach einer durchtanzten Nacht spazieren wir an einem trüben Morgen das erste Mal gemeinsam durch die Rue de Tournon hinauf in den Jardin du Luxembourg, drei Wochen später ziehe ich bei ihr ein,

meine Vermieterin lässt mich ungern gehen, vier Monate habe ich in ihrer Wohnung zugebracht, sie bietet mir an, jederzeit zurückkehren zu können, in ihrem Alter gewöhne sie sich schwer an neue Mieter, seit dem Tod ihres Mannes finde sie kaum jemand zum Reden, mit Ihnen hätte er kein Wort gewechselt, er war ein Résistant, Sie verstehen, sie sieht mich traurig an, ich senke den Blick, auch hätte ich versprochen, ihr einmal etwas auf dem Klavier vorzuspielen, ich habe seit Jahren keine Taste mehr angerührt und weiß nicht, wie ich ihr dieses Versprechen habe geben können,

meine Mutter ist über meine Entscheidung entsetzt, das wird nicht gutgehen, sagt sie, das wird übel enden, wenn sie etwas erregt, schwatzt sie im alemannischen Dialekt ihrer Kindheit, wodurch alles noch redundanter klingt, mein Vater tut, was er kann, und enthält sich der Stimme, vielleicht denkt er an seine Mutter, die Frau mit dem blütenweißen Haar,

ich beginne zu laufen, Rue Labat, Rue Lambert, ein Turm von Sacré Cœur wird sichtbar, unten am Boulevard Barbès machen mich Polizisten zum Augenzeugen einer Verhaftung, sie zerren einen jungen Mann aus einem Auto, schöner Wagen, sieht neu aus, silbergrau und blankgeputzt, schon haben sie dem Jugendlichen Handschellen angelegt,

Ecke Rue Poulet Rue Dejean ein Aufruhr, drei schwarze Frauen im Streit, keine Ahnung worüber, um das Trio herum nur Farbige, Gelächter, Gemurmel, abfällige Kommentare, eine der Frauen sitzt auf einem Koffer, wild gestikulierend, die andere läuft vor ihr auf und ab, nicht minder gestenreich, Arme über der Brust verschränkt, die dritte,

währenddessen sind zwei Streifenwagen vor Ort und der vermeintliche Übeltäter sitzt in einem davon, hinten auf der Bank, mit dem Sicherheitsgurt festgezurrt, Hände hinterm Rücken, seine Augen geweitet, entweder ist er ein guter Schauspieler oder er weiß in der Tat nicht, wie ihm geschieht, die Polizisten scheint es zu amüsieren, sie lachen, während sie zu ihren Funkgeräten greifen, ich haste die Treppe zur U-Bahn hinab, in der Métro begafft wie einer aus der Anderswelt, die Métro hat keine erste Klasse, doch sie hebt auch keine Unterschiede auf, ich spüre, was es heißt, sich nicht wohlzufühlen in der eigenen Haut, an der Gare du Nord steigen viele aus, spätestens ab Réaumur-Sébastopol sind Bleichgesichter wie ich in der Überzahl, Étienne Marcel, Les Halles, Châtelet, Cité,

manchmal besuche ich meine alte Vermieterin, wir trinken Kaffee, ihre Wohnung erinnert mich an jene meiner Großeltern in Hannover, die Räume hoch, im kleinen Salon ein Klavier, ein verglaster Bücherkasten, wir sprechen über Literatur und deren Möglichkeiten, ob ich immer schon Schriftsteller hätte werden wollen, erkundigt sie sich, ich müsse in der Schule gut gewesen sein in den Sprachen, was ich verneine, das einzige Fach, das mich interessierte, war die Geschichte, in meinem Zimmer wohnt neuerdings ein Amerikaner, ein grobschlächtiger Kerl, der an einer Biographie über Hemingway arbeitet, er übernachtet nur hier und das nicht jeden Tag, meist betrinke er sich in der *Closerie des Lilas*, sie fragt nie nach den Gründen für meinen Umzug, wir reden über die neuesten Nachrichten aus meinem Heimatland, ob ich befürchte, dass die Rechten übernehmen, will sie wissen,

wer jahrelang keine Gelegenheit auslasse, eigene Ideale ins Lächerliche zu ziehen und sie zu verramschen, um an der Macht zu bleiben, dürfe sich nicht wundern, dass die Rechte wiedererstarke, sage ich bei einer Podiumsdiskussion, der Gewerkschaftsbund hat dazu eingeladen, „70 Jahre nach dem Anschluss“ lautet der Titel der Veranstaltung, sie widmet sich der Frage, wie wichtig ist Erinnerungskultur, ich ernte wenig Applaus für meine Aussagen, im Publikum murrt einer, warum müsse man ausgerechnet einen Deutschen aufs Podium setzen, und dass ich einer sei, höre man mir ja an, der Moderator fordert Sachlichkeit und klärt auf, während ich in Gedanken zurückkehre in einen Kindheitswinter und mich frage, was gibt es groß zu erklären,

ich bin vier, als meine Eltern mich nach Tirol holen, sie leben schon seit mehr als drei Jahren dort, die Frau mit dem blütenweißen Haar, auf deren Schoß ich täglich saß, wenn sie das Piano öffnete und zu spielen begann, misst mich mit enttäuschten Blicken, als hätte ich etwas angestellt, sie schüttelt den Kopf, in ihren Augen sind Tränen, ich will nicht weg von ihr, meine Mutter drängt zum Aufbruch, mein Vater schweigt, wir fahren los und immer tiefer hinein in verschneite Landschaften,

vierzehn Jahre später klappe ich das Piano zu, als ich meinen Vater zum ersten Mal weinen sehe, am Esstisch sitzt er, die Hände vorm Gesicht, ich habe Semesterferien, die letzten meiner Schulzeit, tagsüber bin ich im Stemmbogen Anfängern vorausgefahren, ich starre aus dem Fenster, sehe Liftspannungsseile, hantle mich an ihnen in eine Zukunft, bald habe ich Matura, bald geht es nach Paris, bald lasse ich alles hinter mir, ich laufe durch die Tuilerien, über die Place des Vosges, biege ein in die Rue de Rivoli, von einem Jahr ins nächste, etwas jagt mir nach, etwas treibt mich an,

meine Großmutter sagt, wach auf und setz dich ans Klavier, ich stehe vorm Palais de Tokyo.

24.

Mehr als ein halbes Jahr nach meiner Rückkehr nach Innsbruck erhalte ich von einem befreundeten Bibliothekar im Tiroler Landesmuseum eine CD mit Filmaufnahmen aus der unmittelbaren Nachkriegszeit in Tirol. Ich lege sie auf den Schreibtisch und sehe mich im Fenster gespiegelt.

Die vergangenen Monate verbrachte ich damit, meinen Abschied von der Universität einzuleiten, und setzte somit um, was ich Stefan bei unserem letzten Treffen in Paris angekündigt hatte. Wir saßen im *Les Marches* unweit des Palais de Tokyo, als ich ihm meine Absichten darlegte, und mein Entschluss schien ihn weniger zu überraschen als zu erfreuen. Er bot mir an, bei seinem Team einzusteigen, er könne meine Hilfe gebrauchen, er plane eine Dokumentation über Hartmann Lauterbacher, und ich wisse ja, der ehemalige Stellvertreter von Baldur von Schirach habe seine Spuren auch in Marokko hinterlassen, vielleicht als Berater in Jugendfragen, wie im Oman.

Stefan wusste selbstverständlich, dass mich die Vita dieses Verbrechers schon seit Beginn meines Studiums interessierte, schließlich hatte er vor Jahren meine Seminararbeit über die „Aktion Lauterbacher“ Korrektur gelesen, die „Aktion Lauterbacher“, von der meine Großeltern nie gewusst haben wollten, die „Aktion Lauterbacher“, die den Jüdinnen und Juden Hannovers jegliche Lebensgrundlage entzogen hatte, aus ihren Wohnungen getrieben, in „Judenhäuser“ gepfercht, ihrer Ghettoisierung war die Deportation in die Todeslager im Osten gefolgt. Lauterbachers Tiroler Herkunft, seine Schandtaten als Gauleiter in meiner Geburtsstadt wie sein Untertauchen nach dem Krieg und sein Aufstieg beim Bundesnachrichtendienst, sein erbärmliches Rechtfertigungsbüchlein, geschrieben vier Jahre vor seinem Tod, SS-Obergruppenführer Lauterbacher, dessen Trauzeuge Goebbels war, all das hatte einst mein Interesse geweckt, dennoch lehnte ich Stefans Angebot ab. Ich habe noch eine Dissertation zu begleiten, dann will ich mich anderen Dingen widmen, sagte ich zu ihm, sah wie der Kellner auf unseren Tisch zukam, hörte Stefan unvermittelt fragen: Schreibst du wieder?

Ich verneinte zu vehement und bin mir sicher, Stefan erkannte sofort, dass ich log. Aber er bohrte nicht nach, und so erfuhr er erst später, dass ich bereits nach der Begegnung mit Rachid im Jänner 2016 wieder begonnen hatte, mich an literarischen Texten zu versuchen. Ich veröffentlichte sie unter Pseudonym, erstellte einen Facebook-Account, fütterte diesen mit Details einer erfundenen Biographie, man ist schneller ein anderer, als man denkt.

Stefan empfahl mir eine Blanquette de Veau, auch die Kohlrouladen seien köstlich, ich bestellte wie er ein Steak au Poivre mit Fritten. Während wir auf das Essen warteten, erzählte ich von meinem Besuch bei Rigaud, den er einen komischen Kauz nannte, aber er habe sich gedacht, bezüglich meiner Recherchen sei ein Treffen gewiss von Vorteil, vor allem wegen Rigauds Halbbruder in Wien.

Mein Staunen schien ihn zu befremden, er hakte nach: Hat er dir nicht von ihm berichtet? Er ist der Grund für die häufigen Wienbesuche, klar, die Tochter auch.

Warum hast du mich nicht früher auf ihn aufmerksam gemacht, wich ich seiner Frage aus.

Das habe ich doch getan, sagte er, gleich damals, als du mit dem Zeitungsartikel hier angetanzt bist und in Marianne Samira erkennen wolltest. Seine E-Mail-Adresse habe ich dir ebenfalls geschickt. Von den Wiener Zeiten seines Vaters hat er nicht gesprochen?

Nickend blickte ich an ihm vorbei, die rotweißkarierten Tischtücher im Lokal ließen mich an einen der Briefe Elisabeths denken, ich beginne, die Karos zu zählen, immer wieder von vorn, hatte sie geschrieben. Und schon sah ich Rigaud vor mir, wie er mit der Fingerspitze die Intarsien auf der Tischplatte nachfährt, schachmatt, dachte ich, schaute Stefan an und sagte: Danke für die Akte. Sie bringt etwas Licht in einen Teil der Lebensgeschichte von Mariannes Vater, aber eben nur in einen Teil. Alles Übrige bleibt Spekulation.

Das habe er befürchtet, wie ich weitermachen wolle? Als Historiker sei man eben auf Fakten angewiesen, wir seien schon arme Hunde, wobei die ärmsten ja die Archäologen wären, die buddeln was Frühzeitliches aus, entdecken jahrtausendealtes Höhlengekritzel – er hielt inne, faltete die Serviette auseinander.

Seinem Tonfall war anzuhören, ihn bewegte anderes, und es wunderte mich nicht, dass er fragte: War Sandrine besoffen, als du gestern bei ihr aufgetaucht bist? Natürlich war sie es. Sie lässt sich täglich volllaufen. Hat auch früher mal gern ein Glas zu viel getrunken, das schon, aber seit drei Jahren nimmt das absurde Züge an.

Er mache sich Sorgen, besonders der Kinder wegen, sie würden mitbekommen, dass ihre Mutter Tag für Tag zur

Flasche greift. Der Jüngere reagiert irritiert bis verängstigt auf ihre Veränderungen, auf die fahrigen Gesten, den schwankenden Gang, das plötzliche Lospoltern, der Ältere verliert mehr und mehr den Respekt vor seiner Mutter.

Sandrine hat Angst, sagte ich, das hast du mir doch selbst bestätigt. Vielleicht solltet ihr weg von hier, nach Wien, Sandrine mag die Stadt, die Buben sind jung und gewöhnen sich rasch an eine neue Umgebung. Könntest du dir vorstellen, deiner Arbeit von Österreich aus nachzugehen?

Stefan sah mich entgeistert an: Sag, bist du immer noch so naiv zu glauben, ein Ortswechsel löst Probleme? Hast du nicht am eigenen Leib erfahren, dass das nicht funktioniert? Und meinst du etwa, du löst Mariannes Problem, indem du sie findest?

Keineswegs, worauf willst du hinaus?

Ich denke oft an den Sommer nach unserer Matura, sagte Stefan, wir hatten uns einen Jugendtraum erfüllt, sind nach Paris gefahren, schwärmten von der französischen Lebensart, als hätten wir eine Ahnung gehabt von ihr. Für dich stand fest, du würdest irgendwann in dieser Stadt leben, allen elterlichen Vorhaltungen zum Trotz, die konnten deinen Schreibambitionen rein gar nichts abgewinnen. Wer es als Künstler zu was bringen wolle, müsse nach Paris, hast du getönt. Und dann schickst du mir dein erstes Gedicht aus Paris, und ich lese die Zeile: Wohin wir auch laufen, die Kindheitsdörfer keuchen uns hinterdrein. Etwas pathetisch, egal, du warst jung.

Ich winkte dem Kellner, zeigte auf mein Glas, mir schien, er lächelte mir aufmunternd zu, aber wahrscheinlich wollte ich das nur so interpretieren, während Stefan fortfuhr:

Du hast recht, sie hat Angst. Als ich nach dem November-Massaker von den Dreharbeiten aus der Normandie nach Paris zurückkam, habe ich sie völlig zerstört vorgefunden. Eine Freundin von ihr – aber das weißt du ja. Sandrine hat mir von deinem Anruf erzählt, und wie sehr sie sich schämte, dich beleidigt zu haben, es tat ihr aufrichtig leid, das kannst du mir glauben. Sandrine ist keine Rassistin, sie ist Französin, das mag für viele –

Er machte eine wegwerfende Geste: Tagelang hat sie sich im Bett verkrochen, hat geheult, geschrien. Die Buben sind so hilflos gewesen, haben mich gefragt: Was ist los mit Mama? Und ich war so hilflos wie sie, der Schock der Anschläge saß tief. Sandrine warf mir vor, ich hätte zumindest eine Arbeit, in die ich mich flüchten könne. Und da ist mir ein Licht aufgegangen!

Stefan sah mich forschend an, ich hatte ihn schon lange nicht mehr so emotional erlebt. Wiederholt fuhr er sich durchs Haar:

Auch Sandrine hat ihr Kindheitsdorf. Sie litt unter ihrem Vater und tut es nach wie vor, obwohl er schon vor einigen Jahren gestorben ist. Sie werde es zu nichts bringen, hatte er ihr prophezeit, und sie denkt, er hat recht behalten. Sie hat ihren erlernten Beruf nie ausgeübt, sie war zu feige, sich der väterlichen Ankündigung zu wiedersetzen, sie hatte nicht den Mut zu verschwinden wie Marianne, um einfach zu tun, was zu tun ist. Sie hatte nicht den Mut, auszuscheren und meinetwegen zu scheitern aus Eigenverantwortung. Hattest du ihn? Kaum blies dir damals ein bisschen Gegenwind ins Gesicht, hast du deine Koffer gepackt und bist zurück nach Innsbruck. Du hattest Schiss zu verschwinden aus einem bürgerlichen Leben, hattest nicht den Mut, zu scheitern an einem Roman und dich dennoch hier festzukrallen, um durchzuziehen, was für dich bis dahin als unumstößlich gegolten hat. Dazu hättest du freilich deine klischeehafte Vorstellung von Paris aufgeben müssen. Samira vorzuschieben, war billig.

Mit ihr hast du keine Rechnung offen. Ein kurzer Blick in den Abgrund reichte dir, um dich für die sichere Seite zu entscheiden. Ein Leben mit Fakten, Modellen, Theorien. Du jedoch, mein Lieber, bist immer Schriftsteller geblieben, und ich will dich damit keinesfalls als Historiker in Frage stellen, aber du bist Schriftsteller geblieben und als solcher einer, der Fragen sucht und nicht Antworten, das wird dir jetzt bei deinen Recherchen nach Marianne bewusst.

Unsere Steaks wurden serviert, Stefan machte sich über das Fleisch her, als hätte er seit Tagen nichts gegessen, seine Miene hellte sich auf, es war schon immer so gewesen, hatte er Hunger, wurde er übellaunig. Klar, in manchen Belangen stimmte ich ihm zu. Mein schablonisiertes Bild von einer Stadt war das eine, das andere viel gravierender: Über die Liebe zu schreiben, hieß, sich ihr und auch allen durch sie bedingten Zumutungen zu stellen, ich wollte die Schönheit des Lebens aufspüren und fand in Samira und ihrem Umkreis nur aus ihrer Lebensmitte Versprengte, Schiffbrüchige der Zeit, deren es so viele gibt, Marianne, Elisabeth, die Väter und Mütter der beiden, der König von der Friedhofsmauer, der mich täglich um eine Zigarette gefragt hatte und auf dessen Bank ich gestern gesessen war. Das alles wurde mir erst in den Wochen nach dem Fund des Zeitungsartikels bewusst, aber Mariannes Verschwinden mit meinem gleichzusetzen, das konnte nicht Stefans Ernst sein.

Ich hing meinen Gedanken nach, er hatte bereits die Hälfte des Steaks verschlungen, auf einmal sah er mich an: Du denkst, das passt nicht zusammen? Es geht nicht um das Verschwinden, es geht um das, was zu tun ist!

Komm mir nicht mit Phrasen, fuhr ich ihn an, auch Terroristen tun, was ihrer Meinung nach zu tun ist. Und bevor er etwas erwidern konnte, fing ich an von unserer

Kindheit am Land zu sprechen, ob er sich noch an die Winter im Dorf erinnere, ich müsse in letzter Zeit oft daran denken. Ich war erstaunt, wie bereitwillig er sich auf den Themenwechsel einließ, hörte ihn von Städtern reden, und wie unbeholfen die sich doch angestellt hätten beim Schleppliftfahren, während er sprach, dachte ich an etwas anderes:

Auf mein hartnäckiges Drängen hin hatte mir Farah doch noch die E-Mail-Adresse von Samira gegeben, geschrieben habe ich ihr nie. Die Idee, sie in Toulouse aufzusuchen, wo sie Farah zufolge nun mit ihrem Mann und den drei Kindern lebt, hatte ich so rasch fallen lassen, wie sie mir gekommen war. Unsere Geschichte war keine Histoire sans paroles, sondern eine, für die es mehr brauchte als Worte, unerschrocken und heiter, so hätten wir vielleicht bestehen können, aber diesen Wahlspruch hatten wir uns nicht an die Fahnen geheftet, wir hatten nicht die Courage dazu.

Einmal hatte mich Elisabeth gefragt, was mich ausgerechnet am Fall Mariannes so interessiere, es gebe tausende Schicksale wie ihres, sie sei mit vielen Kindern ehemaliger Besatzungssoldaten in Kontakt. Ich hatte zunächst ausweichend geantwortet, ich sei Historiker, die Spurensuche gehöre zu meinem Beruf, und dann doch eingeräumt, dass mich Marianne an eine Frau erinnere, die ich geliebt und die sich von mir getrennt hatte, damals in der Zeit der Zukunftsgespräche.

Nach dem Essen spazierten Stefan und ich durch die Jardins du Trocadéro, ich erzählte ihm von meinem Nachmittag im Luxembourg, was mir dort durch den Kopf gegangen sei, ich sprach von Joseph Roth und dass nichts mehr an ihn erinnere im *Tournon*; im Lokalinneren, wo Roth einst seinen Tisch hatte, die Fotos über der Sitzecke abgehängt. Ein paar Bücher hätte ich auf der Ablage entdeckt, eines von Roth darunter, und so aufgesetzt das jetzt klinge, es handle sich dabei um eine französischsprachige Ausgabe von *Flucht ohne Ende*. Wir waren am Palais de Chaillot angekommen, blickten hinab auf das Marsfeld, den Eiffelturm, wie lange bleibst du, fragte Stefan.

Am nächsten Nachmittag kehrte ich nach Innsbruck zurück, wo mich Lisa am Flughafen abholte. Noch am Abend rief ich Elisabeth an, ich wolle meine Suche nach Marianne beenden, ich sei an einem Punkt angelangt, der ausschließlich Vermutungen zulasse, die Akte von Mariannes Vater erwähnte ich nicht. Nach dem Telefonat saß ich lange in meinem Arbeitszimmer, starrte auf den Artikel, den ich vor drei Jahren entdeckt hatte, fand mich unversehens in Samiras Küche wieder, sah ein buntes Obstnetz, zum Zopf geflochtene Knoblauchknollen und über der Tür eine Uhr, die nicht mehr funktionierte. Schon schlenderten wir Arm in Arm in den Tag hinein, ehe Samira mir ihre Hand auf den Mund legen konnte, sagte ich: „Und das geht hin und eilt sich, dass es endet / und kreist und dreht sich nur und hat kein Ziel." Es war dann bereits tief in der Nacht, als ich anfing, meinen Schreibtisch abzuräumen, ich ordnete Konvolute, Korrespondenzen, legte sie in eine Schachtel, ganz zuoberst die Plastiktasche einer französischen Supermarktkette.

Gestern, ich bin gerade mit Lisa beim Kofferpacken, wir brechen heute Nachmittag nach Montréal auf, ein Anruf von Elisabeth, sie wolle mir eine gute Reise wünschen, wie lange wir denn in Kanada bleiben?

Wir haben oft telefoniert seit meiner Rückkehr aus Paris und einmal noch sind wir in das Kaffeehaus in der Maria-Theresien-Straße gegangen, in dem wir vor Jahren anfingen, uns über Kindheiten zu unterhalten, bei unserem ersten Treffen. Wieder wurden wir umspült von Stimmen und Gelächter, von Sätzen in Englisch, Italienisch, Russisch, Elisabeth drückte mir eine Kastanie in die Hand, fragte: Erinnern Sie sich an meinen ersten Brief? Die an mich adressierten Briefe habe sie in Kopie auch ihren Söhnen geschickt und darüber hinaus viel mit den beiden geredet, die Burschen wissen jetzt alles, sagte sie, wirklich alles.

Und ich?

25.

Etliche Jahre später, in der Zukunft vielleicht, steht Samira vor der Tür. Über Farah und Rachid habe sie von meinem Aufenthaltsort erfahren, die beiden hätten sich etwas geziert, doch sie habe nicht locker gelassen. Was mich so umtreibe im Leben, will sie wissen. Sie lehnt im Türrahmen, schwarze Stiefel, Pluderhose, der Sweater grau, über dem weißen Strickmantel trägt sie meinen Anorak, den ich in ihrer Wohnung vergessen habe.

Du hast dich kaum verändert, sage ich, also bestimmt nicht zum Schlechten, füge ich rasch hinzu, Samiras Augen weiten sich – quoi? Und du? Wo ist dein Bart geblieben, fragt sie, wo deine Mähne?

Ersteren hätte ich abrasiert, als er in Mode gekommen sei, weil der europäische Mann sich in seinem Männlichkeitsgetue mit dem orientalischen habe messen wollen, sage ich, und was das Haar betreffe: Die Sache hat sich von selbst erledigt, es fiel mir aus. Als der Kranz am Hinterkopf drohte, imposanter zu werden, habe ich die übrig gebliebenen Federn abschneiden lassen.

Sie sieht mich fordernd an, nun rück schon raus mit der Sprache! Und ich beginne zu erzählen von meiner Kindheit, von meinem Elternhaus, von gescheiterten Beziehungen und meiner Flucht aus Paris, von meinem Studium und der Unzahl an gelesenen Büchern in meinem Leben, die mich um keinen Deut klüger gemacht hätten.

Ihr sei es ähnlich ergangen, mit dem Unterschied, dass sie ihre Eltern nie habe kennenlernen dürfen. Und studieren, das habe sie nie gewollt. Was aber die Unzahl an gelesenen Büchern angehe, solle ich mich nicht so klein machen: So groß bist du nicht.

Den Roman, hast du ihn geschrieben?

Einen anderen, entgegne ich und erzähle von Marianne.

Hast du ein Foto von ihr?

Ich zeige Samira den Zeitungsartikel, sie lacht auf:

Sie sieht ein wenig aus wie ich, findest du nicht?

Unser halber Abschied damals habe sie nie losgelassen, er sei der Grund, warum sie sich auf die Suche begeben habe nach mir, und selbst wenn sie mich heute nicht hier angetroffen hätte, weil ich vielleicht bei der Arbeit gewesen wäre, auf Urlaub, auf Dienstreise, egal, zu wissen, wo ich mich aufhalten würde, wäre einem ganzen Abschied zumindest ein bisschen näher gekommen. Ob ich das nachvollziehen könne?

Auch sie sei abgehauen, allzu oft in ihrem Leben, aus Nîmes, aus La Courneuve und aus Paris, zuletzt aus Toulouse, nichts mehr habe sie gehalten dort. Ihre Kinder seien jetzt erwachsen, stünden in guten Berufen, bald werde sie Großmutter, voilà: So könnte ich sie erzählen, meine Lebensgeschichte, wenngleich sie vielleicht ganz anders verlaufen ist. Aber warst nicht du es, der mir damals gesagt hat, Literatur sei ein Spiel mit Möglichkeiten? Als die Kinder noch klein waren, habe ich ihnen wiederholt die Geschichte von Odysseus und dem einäugigen Riesen vorgetragen. Und gequakt habe ich wie die Frösche Ovids. Kannst du dich erinnern an jenen trüben Sonntagmorgen, als wir hinauf sind zum Panthéon, die Alte im Fenster, die uns so grimmig anstarrte?

Ob ich das blaue oder das schwarze Sakko mitnehmen wolle nach Kanada, ruft Lisa mir aus dem Schlafzimmer zu und reißt mich aus meinen Gedanken. Die Tür steht offen, im Türrahmen niemand.

Das blaue, rufe ich zurück, nein, das schwarze, ach, egal, such dir eins aus.

Ich setze mich. Vor mir auf dem Tisch die CD, die mir der befreundete Bibliothekar geschickt hat, ich lege sie ins Laufwerk: Innsbruck im Sommer 1945, die Spuren des Krieges deutlich erkennbar. Viele Bilder ähneln jenen, die ich aus den Briefen Elisabeths kenne, Alltag in der Kaserne, Ramadan in der Altstadt, eine Parade der 4. Gebirgsdivision am Rennweg, ich frage mich, ob sich der Vater von Marianne unter den Soldaten befindet.

Und plötzlich sitze ich wieder im RER, vorbei am Stade de France, mir gegenüber Rigaud, die Hünen an der Gare du Nord, ich stapfe mit Stefan durch einen Januarmorgen in der Picardie, sehe Samira, Rachid, und wie Marianne in eine Kastanienallee einbiegt, ihr Schritt ist leicht, es beginnt zu schneien, und ich höre Elisabeth sagen, verschwunden, und doch noch da.